妾になるくらいなら
私から婚約破棄させていただきます
～冷遇された大聖女ですが、精霊と竜国の王太子は
私をご所望のようですのでどうぞご心配なく～

yocco

目次

テオドール
唯一の相手を求める、竜人王子
複数の獣人国からなる大国・
ドラゴニア帝国の王太子。
運命の番を探すため帝国を出たところ、
追放されたリリアーヌと出会い
ドラゴニア帝国へ招く。
リリアーヌ
精霊に愛される、虐げられ聖女
元子爵令嬢。両親の死によって庶民になるが、
同時に聖女の力も発現する。
密かに「大聖女」の素質を持つも
家柄のせいで婚約者や周囲の聖女たちから
虐げられ、友達は精霊たちだけ。
妾になるくらいなら私から
婚約破棄
させていただきます
冷遇された大聖女ですが、
精霊と竜国の王太子は
私をご所望のようですので
どうぞご心配なく

Characters

テオドールの弟で
ドラゴニア帝国の第二王子。
武芸を好み、朗らかで豪快な性格。
番であるミシェルを溺愛している。

猫獣人の少女でアンリの妻。
無邪気で好奇心旺盛な性格をしている。
リリアーヌのことも歓迎し、
よき友として支える。

リリアーヌの祖国・アンベール王国の王太子。
父の命令でリリアーヌと婚約するも
リリアーヌを見下し、他聖女と浮気する。

聖女とは

4種類の聖女が存在し、上から順に尊ばれる。

豊穣の聖女 ―― 水&土精霊の力を借りて豊穣をもたらす
先見の聖女 ―― 光と炎の精霊の力を借りて災いを予見する
護りの聖女 ―― 土と風の精霊の力を借りて結界を作り出す
癒しの聖女 ―― 水と光の精霊の力を借りて怪我や病を治す

基本的にはどれか1つの力だけが発現するが、
かつていた伝説の大聖女だけはすべての精霊から寵愛され、
彼らを使役することができた。

プロローグ

（どこだ！　どこにいる！）

日の光を受けて、銀色に煌《きら》めく鱗《うろこ》を持った竜が一匹大空を羽ばたいていた。

瞳の色は青。それは、悲しみを湛《たた》えた深い湖水のよう。

（俺の番《つがい》はどこにいるのだ！）

ピイ――――！と一匹の竜が、己の半身を求めて悲しく啼《な》く。その声は澄んだ空にどこまでも遠く響いていった。

◆

「リリアーヌ・バランドに告げる！　私、エドワード・アンベールは、ここにいるイザベル・モンテルランを婚約者にすることにした！」

「はい……？　イザベル様を？　エドワード殿下の婚約者に？」

ここはアンベール王国。私はリリアーヌ・バランド。私に高らかに宣言したのはこの国の王太子エドワード殿下という。

私は今、突然その婚約者であるエドワード殿下から謎の宣言を受けていた。

教会に勤める人々や、そんな彼らに救いを求める民。多くの人の前で、突然現れたエドワード殿下に指をさされて宣言されて、私は混乱で首を傾《かし》げてしまう。

だって、どうにも理解ができなかったのだ。

なぜなら――。

――私は、国が決めた彼の婚約者ではなかったかしら？

この国アンベールの王太子エドワード殿下が教会の上座から私を指さすのを、私は困惑しながらただただ瞳を大きく見開いて見つめる。目を丸くしてきょとんと凝視してしまう、まさにそんな感じだ。

そして、エドワード殿下の横には、『護《まも》りの聖女』であるイザベル様が寄り添っていた。ちなみに私は同じ聖女は聖女でも『癒しの聖女』である。

「あの……殿下？　私が……国王陛下や教皇猊下《きょうこうげいか》がお決めになられた婚約者……でしたよね？　なのに、なぜ突然イザベル様が殿下の婚約者になられるのでしょう？」

私は殿下に尋ねた。その私の質問のとおり、私はこの国の聖女だ。そして同時に彼の婚約者と定められているのだ。

――私という婚約者がいるのに、さらにイザベル様が婚約者？　それってどういうこと？

私は首を捻《ひね》る。

婚約者がいるのに婚約者を定める？　意味がわからない。

「そなたは複数いる『癒しの聖女』のうちのひとりに過ぎない。しかも平民の身で後ろ盾もない。そんなお前が本当に王太子妃にふさわしいと思っているのか？　それに比べてイザベルは侯爵令嬢にして、この国唯一の『護りの聖女』。家格も聖女としての格も、彼女の方が婚約者にふさわしいではないか！」

――うん、まあ確かに、それはそうなんですけれども。

周囲を取り巻く他の聖女たちも、くすくすと密《ひそ》かに笑っていた。彼女たちは私には好意的ではなかったから。貴族出身の者も平民出身の者も、私を好ましく思っている者はいない。だからか、青天の霹靂《へきれき》のようなこの状況を彼女たちは楽しんでいるようだった。

と……、話を殿下の話に戻そうかしら。

そう。表向きの話であれば、そのまま殿下の言葉のとおりなのだ。

私は、元は子爵の娘だったものの、十歳のときに父母が他界し、さらに我が家には後継者となる男性がいなかったために、後ろ盾となるはずだった家ごと断絶した。そして八年のときが過ぎた。だから、私は孤独な身、そして平民なのである。

さらに、聖女としての格も殿下の指摘のとおりだった。

聖女には、『豊穣《ほうじょう》の聖女』『先見の聖女』『護りの聖女』『癒しの聖女』の四種類が存在する。

そして、聖女の序列は、今並べた優先順位で尊ばれる。

『豊穣の聖女』は、水と土の精霊の寵愛《ちょうあい》を受け、その力を借りることで、国に豊穣をもたらす。

『先見の聖女』は光と炎の精霊の寵愛を受け、その力を借りることで、国に降りかかる災いを前もって予見する。

『護りの聖女』は土と風の精霊の寵愛を受け、その力を借りることで、個人や範囲を定めて結界を展開する。

『癒しの聖女』は、水と光の精霊の寵愛を受け、その力を借りることで、人の怪我《けが》や病を癒す。

そして、その四つの力全て――すなわち、全ての精霊の寵愛を受け、彼らを使役できる聖女を『大聖女』と言うのだ。ただ、かつて歴史上にひとりしか存在しなかった、とても希有《けう》な存在だけれども。

そうして現在のアンベール王国には『豊穣の聖女』『先見の聖女』は不在で、『護りの聖女』イザベル様がひとり、そして、私を含めた『癒しの聖女』が数名いて、みな教会に勤めている。

だから、単純に考えれば、イザベル様の方が私よりも上と言えるのだ。

家格にしてもそうだ。イザベル様は、アンベール王国で一、二を争う権力を持ったモンテルラン侯爵家の出身。この国の王太子の婚約者に収まるにはふさわしい家柄と言える。

イザベル様は、この国で一番の聖女なのである。

――ただし、あくまで単純な話なら。

私は、数いる聖女の中でも、その魔力量――簡単に言えば精霊に祝福された力を何回、そしてどこまでの範囲で行使できるかということ――がもっとも多い。

さらに、魔力の強さ――精霊に祝福された力の強さ――がもっとも高い。

それに対して、イザベル様は確かにその保有する力、『護り』の序列は私の持つ『癒し』よりも上だけれど、私より魔力量も魔力も強くはなかったはずだ。

そして、一番大事なのは、国王陛下と教皇猊下の命で口止めされているので口外してはいないけれど、私は癒し以外の力を発揮できる可能性を持っているという点である。

……とはいえ、それはあくまで内密のこと。

私が平民の身でありながら王太子の婚約者に据えられるという、普通では考えられない国王陛下の措置に、他の聖女たちからのやっかみは凄《すご》かった。だから、この状況でも私をかばい立てしてくれる人はひとりもいなかった。

それと、またひとつ秘密になってしまうのだけれど、私には女性として最大の懸念があった。

それは左胸の上にあるユリのような形をした不思議な痣《あざ》だ。

女性は肌が白く、傷ひとつ、染みひとつないものがよいとされる。いざ結婚をして白い肌の上に痣があるのを見られたら、殿下に厭《いと》われるのではないか……そんな不安は抱いていた。

まあ、そういった事情はおいておいたとしても、今後のことを聞いておかなければならないだろう。

王太子殿下はというと、そんな私に愛情の欠片《かけら》さえ、配慮の片鱗《へんりん》さえ見せてくれたことがない。形だけの婚約者という関係だ。だから、愛してもいない人の婚約者の座を降りるのはやぶさかでもないけれど、その後の私の立ち位置というものもある。

——婚約者がイザベル様だというなら、私はどうなるの？

「あの、それでは私の立場は……？　国王陛下たちがお決めになられた私の婚約者としての立場はどうなるのでしょう……？」

聖女は国にとって貴重で希少な存在として扱われる。さらに、強い力を持つ聖女となれば、ときに、王族と同等の扱いを受ける。なぜなら、聖女の力を他国に流出させることがあってはならないからだ。

国を継ぐ者は聖女と結婚すべし。それは代々王家に課されている規律だ。

聖女は国に祝福をもたらす精霊からの寵愛を受けている。そして、その寵愛の度合いが比例してその聖女の能力——力として現れる。国はその血を国外へ出すことを極端に忌避《きひ》した。

精霊たちから深い愛情を受けている聖女をないがしろにしたせいで、精霊の加護がそっくり国から失われた国すら歴史上にあったからだ。

さらに精霊の寵愛は、一部を除き血から血へ受け継がれていく。たとえ生まれた子が聖女ではなかったとしても、魔法の才能があるものが生まれた場合には、精霊の寵愛を受け、優秀な魔法使いになる可能性が高いのだ。人間が持つ魔法の力は、全て精霊からの寵愛によるもので、その寵愛の度合いに比例するのだ。

そうだ。聖女と魔法使いの違いも説明しておいた方がいいかも知れない。

魔法使いも精霊の力を使って様々な魔法を行使することができる。そこは同じだ。

魔法使いは炎の精霊の力で発火させたり、水の精霊の力で水や氷を生みだしたり、風の精霊の力で風を操ったり、土の精霊の力で土を隆起させたり。

それは主に生活や生産、自己防衛ひいては攻撃手段として使われることが主だ。

聖女は違う。

『豊穣』『先見』『護り』『癒し』の力を使えるのは聖女だけである。

聖女個人の能力によっても差はある。けれど、聖女たちの魔法は他の誰にも真似《まね》することができない偉大なる精霊の恩恵を人々に与えることができるのだ。

『豊穣の聖女』は国に豊かな実りを与えることができる。

『先見の聖女』は未来に起こりうる未来を予知して未来の災禍を回避させることができる。

『護りの聖女』はどんな刃《やいば》からも護る結界を展開することができる。

『癒しの聖女』は、人々の病や怪我をたちまち治すことができる。

それらの力は、国に偉大な恩恵を与える希少なものなのである。

話を私に戻そう。

諸事情あって口止めされているため口に出せないものの、私は私の力に自負を持っている。それに、友達がいない分、普段から精霊たちと交流し、結果たくさんの精霊たちから愛されていた。だから、魔力量は誰よりも多く、力も強い。

——まあその分、他の癒しの聖女たちからは、聖女としての務めである仕事を押しつけられていたんだけどね。

虐げられてきた過去の記憶が脳裏をよぎる。

『あなた平民だから、身体《からだ》だけはやたらしっかりしているのかしら？　魔法をいくら使っても疲れたそぶりを見せないわよね。だったら、私たちの分も働いておいてよ』

『ねえ、未来の王太子妃殿下サマ』

『あら？　未来の王太子妃殿下に仕事を押しつけたら怒られちゃうかしら？』

『ええ？　でもまだ今はただの平民じゃなぁい』

『それもそうね、あははははは』

私にそう言って仕事を押しつけてきた他の聖女たちの声がリフレインする。

そんな中の婚約破棄。

いざとなれば、国を去ってしまうという選択肢だって私にはある。

——だって他国に無事に行ければ、聖女の力ゆえに引く手数多《あまた》のはずだし。

ところがだ。

『聖女の流出の可能性』なんてものをみじんも懸念していないのだろう。仮にとはいえ王権を握る王太子に刃向かう、そこまでの度胸は私にはないと思っているのかも知れない。

そんな私に、さらに王太子殿下はこうのたまったのだ。

「そんなもの、国王陛下不在の今、国の決裁権を預けられている王太子の私が、さっき言ったとおりだ。我が婚約者はイザベルにする。ああ、そうか。そうすればお前の立場はないな？　そうだな、お前は……妾《めかけ》の立場なら置いてやってもよいが？」

にやりと下卑《げび》た笑みを浮かべて私を見下ろす。

「ちょっと、殿下⁉　私というものがありながら、あんな平民を妾にだなんて！　そもそも私ひとりでは不服とおっしゃるのですか⁉」

悲鳴のように苦言を上げるイザベル様を宥《なだ》める殿下。そのふたりを遠く見上げながら、私は思わず叫ぶ。

「妾⁉」

私は目をこれでもかと開け、瞬きをぱちぱちとしながら彼の提案を反芻《はんすう》した。驚きすぎて、オウム返しのようにそれしか返せなかった。

一度たりとも私を慮《おもんぱか》ることすらなかったくせに？

婚約者から引きずり下ろすと言ったくせに？

――そんな男に妾にされて手を出されるとか、気持ち悪すぎる！　無理！

私の心が悲鳴を上げた。

「一介の平民のお前には過ぎたる待遇だろう！」

私の嫌悪感を余所《よそ》に、エドワード殿下はというと、さも当然といった様子だ。私を見下した態度でそうのたまった。

――いや、妾とかそういうの結構ですから。というか、失礼すぎる。嫌すぎる！

それに、そんな身に甘んじてまであなたと一緒にいたいだなんて、思わない！

怠惰《たいだ》、放蕩《ほうとう》、傲慢《ごうまん》……と、将来王になるものとして問題点をあげればキリがない殿下。

将来の王だというのに、帝王学の勉学には興味を持たず。

手癖が悪く、下は下女から上は貴族令嬢と、悪い噂《うわさ》が絶えない。その挙げ句にイザベル様との交際発覚。そして私を手放すのではなく妾になれと言う。

それに彼は冷酷で傲慢だ。婚約以降私は彼に優しくされた覚えはない。彼は最初から私をいとわしいものに接するのかといった態度だった。彼が私を見る、地べたを這《は》う虫を見るような目。今までは我慢できていたとはいえ、今の状況に置かれてみると甚《はなは》だ不本意極まりなく、我慢ならない。

そんな相手だから、私だって彼を敬愛したり、まして愛したりはしていない。

でも私は、国王陛下によって王太子の婚約者とされた身だ。

教皇猊下へのご恩もある。

だから、今まで子爵令嬢だったという低い出自ながら、高位貴族としての礼節や常識を学び、厳しい王妃教育にも耐えてきたのだ。さらに、王太子の婚約者という立場に甘んじて、教会の奉仕に関しても手を抜くこともなく、真面目に務めた。

だというのに――。

さすがにこれは限界でしょ！

「……だったら……」

「ん？　なんだ、リリアーヌ。私が恋しいのであれば、請うてみせてもいいんだぞ？」

なにを勘違いしているのだろう。ニヤリと口角を上げながら、エドワード殿下が余裕を見せる。

たしかに、彼が先ほど言ったとおり、国王陛下が不在の今、国内の決裁権は彼の手の内だ。でも、国王陛下の決定をなんの相談もなく覆して、なにも問題が起こらないわけはないだろう。

――ここまでお馬鹿さんだったとは。

う～んと、ため息が漏れてしまう。

――ううん。ちょっと待って。

いっそこのめんどくさい人から逃げるには、国王殿下が帰ってくる前に片付けてしまった方がいいのかも知れない。

向こうは、国王陛下と教皇猊下がいないのをいいことにと思っているらしいけれど、こっちだって、黙ってそんな仕打ちを受けるつもりはない。

——その気なら、こんな立場投げ捨てて、全力であなたから逃げてあげるわ！

私は勇気を振り絞って顔を上げる。

「妾だなんてごめんです！　だったら私からこの婚約、破棄させていただきます！」

そして、教会中に響き渡る声で宣言した。

——婚約破棄して、こんな人が将来治める国なんて出ていってやるわ！

私はそう意気込んだ。

「なっ……」

エドワード殿下が、眉根を寄せ、眉尻を上げて、青筋を立てて私を見る。顔は怒りでだろうか、真っ赤だ。

その反応は私には意外だった。

妾になってまですがりたいと思われるほど、私に愛されているとでも思っていたの？　それは自意識過剰というものだわ！

「……あなた。……殿下に、今、この国で一番権力のある殿下に、なにを言ったのかわかっていらっしゃって？　当然その言葉の責を負うお覚悟はできておいでよね？」

イザベル様はことさら殿下の腕に、彼女の豊満な胸に押しつけながら、眉尻を上げて私を見て笑う。

「聖女は国の定めによれば、国の宝に相当するわ。立場でいえば、聖女も相応の立場を持つはずです！」

私はきっとイザベル様をにらみつける。

「あらあら。癒しの聖女のひとりに過ぎない小娘が。……ねえ、殿下ぁ」

相変わらず、私のことをただの癒しの聖女としか思っていないイザベル様。彼女は、私がにらんで見る目線を無視して流す。そして、ことさら甘い声を出して殿下にしなだれかかった。

「……なんだ、イザベル」

「ねえ、この小娘、この国から追いだしてしまいましょう？　この娘は、この国に唯一の王太子である殿下のお申し出を拒んだのです。不敬この上ないじゃぁありませんか？　そんな小娘、殿下は妾に欲しいですか？　……それに、私ひとりじゃ足りませんの？」

つつ、と殿下の胸を指先でなぞりながらイザベル様が媚《こ》びる。

「……今の殿下でしたら、聖女とはいえこの小娘ひとり追いだすお力もお持ちだわ。いずれ王になられる殿下ですもの。その予行練習として、王命を発令してみてはいかがでしょう？　決裁権がある今のうちに」

そう言って、視線を私に移しながらニヤリと笑う。

ああそうか。

イザベル様は、殿下が『妾』だなんて言いだすものだから、彼女は彼女で、私を追いだす口実が欲しくなったんだ……！

一瞬、私は選択を誤ったかと迷う。自分で国外に出ることは計画のうちだったけれど、さすがに国外追放までは考えていなかった。

だけど、妾なんて扱いだけは受け入れられない。

「ねぇ、殿下？」

イザベル様がことさら甘く媚びるように殿下に向かって微笑《ほほえ》む。

「……そうだな」

据えた目で私を睨《ね》めつけて、殿下が私に宣言した。

「騎士たち、リリアーヌ・バランドを捕らえろ！　リリアーヌ！　そなたには国外追放を命ず！」

その言葉と共に、陛下の周りに控えていた騎士たちが、一斉に私を捕らえに走り寄ってくる。

「きゃっ！」

私は左右から両腕を捕らえられ、床にその身を押しつけられる。

用意周到といった手際のよさ。不意打ちと言ってもいいすばやさで、私は騎士たちに捕らえられてしまった。

「国境沿いの森にでも、打ち捨てよ！」

「「はっ！」」

「待ってください！」

殿下の言葉に、私は咄嗟《とっさ》に叫ぶ。

──ちょっと待って！　自由に出ていくのと、どこだかも知れない森に捨てられるのでは話が違う！

「ああうるさい！　早くその口を塞いでしまえ」

私の上げる抗議の声を煩《わずら》わしそうにして顔をしかめる殿下。

その言葉に応じて、私を捕らえた騎士が私の腹を殴る。

「うっ……」

一瞬息が詰まって視界が暗くなる。私は意識を手放した。

「……やっと静かになったな」

殿下は鼻を鳴らし、嘲《あざけ》るように吐き捨てた。

そうして、私は身ひとつで国を追いだされることになったのだった。

第一章　聖女は森に捨てられる

馬車での国境までの旅は長い。

私は馬車が揺れる規則的な振動についうとうととする。

◆

——私は夢を見ていた。

「お父様！　お母様ぁ！」

当時まだ十歳の私が泣いていた。

大雨の日に、ぬかるんだ土に車輪を取られ、馬車が横転した。それに乗っていたお父様とお母様は、ふたり一緒に天に召されてしまった。

ひとり娘だった私は、その日突然、ひとりぼっちになってしまったのだ。

私は、その葬儀の日のことを夢に見ていた。

「いやっ！　いやぁ！」

「だめよ。お父様もお母様も、天にお召しになられたの。さあ、一緒に見送りましょう」

棺に納められたお母様にすがりつく。

「まだ十歳らしい……」

「バランド家は爵位を継げるような男子はいないそうじゃないか」

「……まあ、それじゃあ、あの子は……」

ぼそぼそと、小声で私の境遇を話す声がする。

「そちらのお宅で引きとられたら？　遠い姻戚でもあるんでしょう？」

「嫌だわ。うちだってそこまで余裕があるわけでもないし。……息子と同じ年頃だからなにかあっても困るし」

私の身を押しつけあう声も聞こえる。

そんな心ない声ばかりの中に、私に優しい声をかけてくれる人がいた。

「お父様とお母様はこれから土に埋めるのよ。そして土に返って、魂は神様の元に行かれるの」

そう言って、貴族の女性のひとりが私をお母様から引き離そうとした。

「離して！」

私は泣きじゃくりながら、その手を引き剥《は》がす。そして叫んだ。

「お父様とお母様が死んだなんて嘘《うそ》よ！」

半ば強制的に着替えさせられた黒いワンピースが土で汚れるのも構わず、私は乾いた地面にしゃがみ込む。

「誰かふたりの怪我を治して！」

そして、天を仰いで叫んだのだ。

私が天を仰いで泣いて訴えるのと同時に、私の身体から天に向かって一本の光の柱が昇ってゆく。そして、そこから雨雲が生まれた。私の周りには、私を慰めるように水色と白色の球体がふわふわふわと優しく囲い込む。

「なっ！」

教会から派遣された神父様が私を見て驚きの声を漏らす。

「神様がいるって言うなら、ふたりを返して――！」

雨雲はどんどん広がっていき、王都全体を覆う。やがて、ぽつりぽつりと雨が降り始め、その雨脚は次第に強くなっていった。

降り注ぐ雨は私の頬を伝う涙のように、ほのかに温かかった。

神父様は驚愕《きょうがく》で目を見開き、私が発した光を呆然《ぼうぜん》とした様子で眺める。

すると、杖《つえ》をついていた老人が、杖を放りだして叫ぶ。

「儂《わし》の膝が、痛みが、治っておる！」

「私の剣の傷も……！」

「私の咳《せき》の長患いも、楽になったわ！」

葬儀に居合わせた人々が口々に叫びだす。

「治癒魔法……？」

「治癒の力……聖女か⁉」

「聖女だ！」

天を仰ぎみながら泣き叫ぶ私を中心にして、自然と人の輪ができていた。

皮肉なことに、お父様とお母様の死をきっかけにして、私は癒しの力に目覚めたのだ。ただし、本当に治したいお父様とお母様が目覚めることはなかったけれど。

あとで知ったのだけれど、癒しの力には、死者をよみがえらせる力まではないのだ。だから、私が本当に願った父母の復活は叶《かな》わなかった。

……私は孤児になった。

そういういきさつもあって、お父様とお母様の葬儀が終わったあと、引きとり手のない私は葬儀の場に居合わせた神父様に引きとられた。そして、教会へ身を寄せた。そして、神父様に促されるまま聖女の鑑定を受けることになったのだった。

聖女かも知れないということがあの場で知れた途端、引きとろうとする誰とも知れない人物が何人も名乗りでたけれど、神父様がそれを遮ってくれてのことだった。

「さあ、雨で濡《ぬ》れてしまった服を着替えましょうね」

まだうら若い優しげなシスターが、私を喪服から簡素で乾いた普段着に着替えさせてくれた。そうして、神父様の待つ礼拝堂へ連れていかれたのだった。

「身寄りのなくなった私を保護してくださって、ありがとうございます」

私は、神父様の前に立つと、すぐに礼を言った。

私は、子爵家令嬢だった。けれど、アンベール王国の定めた法では、貴族の爵位は男系継承。兄弟もなく、近しい男系の親類もいなかったため、私の家は断絶してしまった。そう、私は孤児で平民の身になってしまったのだ。

「あなたには、聖女の力を持つ可能性があったからね」

「……聖女？」

私は首を傾げた。

「そう。あなたがお父様とお母様のために祈ったあのとき、雨が降り、その雨によって王都の大勢の人々の病や怪我が治ったと言うんだ。私は、あの雨には治癒の力がこもっていたと考えているんだ」

「……そう、なんですか」

そう言われたもののいまいち我が事とは思えず、私は首を傾げたまま神父様の言葉を聞いた。

「そうだよ。そして、そんなことができるのは広いこの世界で、聖女だけなんだ。だから、あなたには聖女の力があると思っているんだよ」

優しく教えてくれたあと、神父様は私に石でできた板を差しだしてきた。

「さあ、この石板に手をかざして。これは聖女の力の有無を判定するものだから」

そう言われて、私は素直に頷《うなず》いて手をかざした。すると、よくわからない言語が刻まれた石板が、五色に輝いた。

「なっ！　五色全部だと!?」

「……神父様？」

神父様のただ事ではない様子に、私は再び首を傾げる。

「……あの、本当に私には聖女の力があるのでしょうか……？」

恐る恐る私は尋ねる。不安だったのだ。聖女の力が間違いであれば、私は用済みだろうと。聖女の力もないとなれば、私は後ろ盾となる家もない身、孤児のままだ。けれど、聖女の力があれば、なんとか教会で生きていくこともできるだろう。そう、幼いながらも私は思ったのである。

「あっいや、ある。それについては大丈夫だ」

「あ、そうなんですね……」

神父様の言葉に、私はほっと胸を撫《な》で下ろす。

「癒し……。そう、予想どおり癒しの力がある。君は癒しの聖女としての力を発揮しているし、石板も反応している。だがしかし、これは……」

神父様は、思案げに顎を撫でる。そんな神父様の様子を私は疑問に思うものの、「なぜ」と問うことはできなかった。まだ不確かな私の立場ゆえに、積極的に問うことができなかったのだ。

「……これは教皇猊下にご相談しないと。君、私は猊下に謁見が叶うよう手紙をしたためる。君は、それを中央教会に届けてくれるか」

神父様は、側《そば》に控えていたシスターに命じた。

その言葉に私は驚いた。教皇猊下といえば、この国の国教の長《おさ》である。そんな人に謁見するなんて、予想もしなかったのである。


そうしてしばらく経《た》ったある日。

まるで流されるかのように、私は神父様に連れられて教皇猊下に謁見をすることとなった。

「教皇猊下におかれましては、謁見の願い聞き届けてくださり、恐縮至極に存じます」

神父様が深く礼を執るので、私もそれに倣ってカーテシーをする。

「ふむ。その娘が、癒しの力を発揮し、その上、それ以外の力を持つ可能性があるという娘か」

「はい」

教皇猊下の言葉と、それに同意する神父様を見て、驚きでふたりを見比べる。

――私にそんな可能性があるの⁉

私は声に出さずに驚いた。そんな私を余所に、ふたりは会話を続ける。

「報告によれば、すでに癒しの聖女として覚醒している上に、その他の力を覚醒させる可能性を持っている……と。確か、石板の文字が五色に光ったんだったな。……全ての精霊の寵愛を受けていると。ならば、もしこの娘が全ての力に目覚めたら、この国の建国王の王妃殿下以来の『大聖女』が誕生することになる……か」

――私に、『大聖女』になれる可能性があるってどういうこと⁉

私は相変わらず口には出せないものの、あまりのことに動揺した。歴史上、『大聖女』とは、この国の建国王を傍らで助けた女性、のちに妻に迎えられた人ただひとりである。だから、この国では神話レベルの伝説上の存在だ。

――その方と同じ力を持つ可能性が私に？

私の胸の中はただ驚きでいっぱいだった。そしてただただ口をつぐむ。

「神父よ。報告ご苦労であった。……この娘の身柄は私が責任を持って預かろう」

「はっ」

教皇猊下のお言葉に、神父様が頭《こうべ》を垂《た》れる。

「あの……私は……」

私は、ふたりの顔を見比べる。そして、ようやく言葉を口に出せた。

――私の身はどうなってしまうのだろう。

きっと、そんな不安が顔にも出ていたのだろう。

そんな私に、教皇猊下が私に向き直ってきて、優しい笑みを浮かべた。

「大丈夫。あなたの身は私が責任を持って預かりますよ」

「……はい。よろしくお願いいたします」

そうして私は、教皇猊下に身柄を預けられることとなった。


そうして日を改めて、再びあのときと同じ石板を使って教皇猊下に私の能力を見せることになった。

石板はやはり先日と同じように五色に光る。

「ふむ。確かに五色全てが光っている……」

「あの、教皇様……」

「ん？　なんだね？」

「……その、五色ってどういうことなんですか？」

私にはなぜ私に『大聖女』の可能性があるのか理由がわからなかった。

「この石板は、精霊の加護があるかをはかる魔道具なのだ。そして、精霊の寵愛を受ける者は、守護を受ける各精霊に応じて、この石板の五色の文字を光り輝かせることができる。その者は、聖女として力を発揮できる可能性がある」

「……聖女」

「そう。水と土の精霊の寵愛があれば、豊穣の力を。光と炎の精霊の寵愛があれば、先見の力を。土と風の精霊の寵愛があれば、護りの力を。そして君が発揮した、癒しの力は、水と光の精霊の寵愛を受け、さらに力に覚醒したことによって発揮されたものだろう」

「……精霊……そういえば、私がお父様とお母様のことを想《おも》ったとき、私の周りには水色と白色の球体のようなものがふわふわ浮いていました」

するど、教皇猊下がそれにうん、と頷く。

「そう。そのふわふわしたものがおそらく精霊と言われる存在だったのだと思う。この世には五種類の精霊がいる。君の周りにいたのは、その力と色からいって水と光の精霊だろう」

「そうなんですね」

「……そうだな。他の貴族共に知られると、君の奪いあいになるのが目に見えているな……。五色に反応したことは決して口外しないように」

「……はい」

私は教皇猊下に対して素直に答えたのだった。

そうして約束をして終わるとかと思ったら、次はなんと国王陛下との謁見が待っていた。子爵などの娘が会うことができない、国の統治者を前にして、私はぎこちなくカーテシーをした。震えそうな足を、なんとか保って礼を執る。

ふと、陛下の視線が教皇猊下から私に移る。

「ふむ。そなたが大聖女となる資質を秘めた娘か」

陛下が、私を見定めるかのように頭から足下までを眺めみる。

「はい。教皇猊下がそうおっしゃられておりました。精霊の加護の有無をはかる石板が、そう反応したと」

「ふむ。そなた、名はなんと言う」

「はい。リリアーヌ・バランドと申します」

「……ふむ。それで家の爵位は」

「子爵家、……でした。先日、父母が亡くなりました。そして跡継ぎになる兄弟もおりませんでしたので、家は断絶しました。ですので、今は……平民、です」

私は答えて俯《うつむ》いた。脳裏に棺に納められたお父様とお母様の面影がよぎったからだ。

「これは、早急に保護しなくてはならないな」

「そうなのです。この娘はもはや身寄りもありません。力のことが知られれば、どの貴族が我が手にと群がってもおかしくはありません。他国に知られれば他国もこぞって手を伸ばすでしょう。さらに、この娘は全ての精霊の寵愛を受けているだけではなく、石板の光の強さからいって、その力も他のどの聖女よりも上かと思われますので、国による保護が必要かと……」

感傷に浸っている私を置いて、国王陛下と教皇猊下が話を進めている。

「王太子が年の頃からいってちょうどよい。……その力を国から流出させないよう、王太子の婚約者としよう」

「それがよろしいかと」

「えっ⁉」

王太子の婚約者という言葉に、私が驚きで声を上げる。

「なにを驚いておる？」

国王陛下が私に問いかける。

「その……すでに平民の私です。その私が王太子殿下の婚約者だなんて、恐れ多くて……。それに、殿下のお気持ちも……平民相手なんかじゃ嫌なんじゃないかって……」

私は、恐る恐る陛下の顔を見上げる。

「案ずるな。あれには私がよく言い聞かせておく。そんな懸念以上に、そなたの力は希有なものなのだ。案ずる必要はない。……ああそうだ」

国王殿下が、思いついたように私に話しかけた。

「なんでしょう？」

私は首を傾げた。

「そなたが全ての精霊の寵愛を受けていることは、この場限りの内密の事項にする。王太子も含めて、誰にも話さないように。そして、誰からも気取られないよう、王太子との結婚が成立するまで、癒しの力以外を使用することは禁ずる。成婚までは、決して大聖女の資質を持つ者だと気取られてはならぬ」

私は素直に頷いた。

こうして、私は王太子殿下ことエドワード殿下の婚約者となったのだった。

やがて、私はエドワード殿下本人と初めて対面する。

しかしその彼は、私を見下し、忌まわしいものでも見るかのような態度だった――。


私は教会に聖女として配属された。住まいも教会の寮の一室を与えられた。

教会での奉仕が終わってからの時間、私はいつもひとりぼっちだった。

平民なのに王太子の婚約者に収まった私は、結局、聖女仲間にも忌み嫌われた。過ぎた待遇だと嫌みを言われ、あからさまに嫌がらせも受けた。

『――平民の分際で』

表に裏に、そう責められた。

教皇猊下が配慮をなさってくれたとしても、教皇猊下はこの国の教会内での最高位の方。そのお立場から、私ひとりをいつも見ているわけにはいかない。教会に不在のことも多かった。

結果的に、傍目《はため》には過ぎた待遇を受けている私は、他の聖女から嫌われてしまった。私から仲良くしようとしても、無理だった。

そもそも平民の私に近づきたくないという、貴族出身の聖女たち。その彼女たちは特に私への当たりが酷《ひど》かった。彼女たちを差しおいて王太子殿下の婚約者に収まったことは彼女たちの神経を逆撫でしたらしい。

さらに、平民出身の聖女たちからは、同じ平民の身なのにと妬まれ、友達もできなかった。

次第に、遠巻きにするだけでは済まず、嫌がらせに出る聖女も現れてきていた。

私には友達もいない。

その代わりなのだろうか。ぽつんと所在なく誰もいない場所で時間を過ごしていると、自然と精霊たちが私の前に姿を現し、友達になってくれるようになった。

『寂しいの？　リリアーヌ』

私が教会の裏の森に隠れていると、私が特に仲良くしている光の精霊を筆頭とした精霊たちが集まってきて、私を取り巻く。彼らはみんな背に二枚羽を生やしていて、それで宙を飛ぶ。姿は小さなお人形さんのようにみな愛らしい。

『なあ、リリアーヌ。お腹《なか》がすいていただろう？』

そう言ってくれるのは炎の精霊。

『そうそう。さっき意地悪されて、食事の器をひっくり返されていたじゃないか』

そう気付いてくれたのは土の精霊。

『まぁ大変！』

目を丸くして言うのは水の精霊。

『だったら、林の中にある森の恵みを探さなくっちゃ！　確か今ならザクロが時期なのよ』

そう言ってたくさんの風の精霊を引き連れて、森の中に探しに行くのは風の精霊だ。

そうして数多の人間たちに嫌がらせをされても、私は精霊たちによって、心も飢えも癒されていたのだった。

「ありがとう、精霊のみんな。……みんな、大好きよ」

私がそう言うと、みんなが、『私たちもよ』『俺たちもだ』『僕たちもだよ』『そうだよ』と言って、返してくれた。

「そうだわ！　みんなに名前をつけてあげましょう」

『名前？』

炎の精霊が不思議そうに首を傾げる。

『僕たちには固有の名前なんてないんだよ？』

土の精霊も同様によくわからないといった顔をしている。

「でもね、お友達同士っていうのは名前で呼びあうものなの」

『そうなの？』

水の精霊が首を傾げる。でも、名前をつけてもらえることに興味があるのか、瞳がキラキラしている。

『私、リリアーヌがつけてくれた名前が欲しいわ！』

風の精霊が両手を組んで嬉《うれ》しそうにしている。

「決まり！　じゃあ名前をつけましょう。……そうね……」

まず、白く光る光のドレスを着た少女のような光の精霊を眺める。

「あなたにはルーミエって名前はどうかしら？」

すると、ルーミエと名付けた子は嬉しそうにくるりと回って点滅する。

「じゃあ次にあなたは……」

赤い炎を背に背負う少年のような姿の炎の精霊を眺めて思案する。

「そうね、サラマンダーはどうかしら？」

『気に入った！　かっこいい！』

背に背負った炎が一瞬ぼうっと大きくなる。

「よっし。じゃあ、次はあなたね……」

私の視線を受けて、わくわくしながら待つのは、とんがり帽子を被《かぶ》った男の子の姿をした土の精霊だ。

「ノール！　ノールがいいわ！」

『わぁい！』

彼はぴょんと飛び跳ねて喜びを示す。

『『ねえねえ、私たちは？』』

そう言ってねだってきた少女たちは、水色のドレスを着た水の精霊と、葉っぱでできたワンピースを着た風の精霊だ。

「そうねえ……」

私はふたりを交互に見ながら考える。そして、ピンとひらめくものがあって口を開いた。

「水のあなたはアクア！　そして、風のあなたはエアルよ！」

『『きゃあっ！』』

彼女たちは喜びに歓声を上げげた。

そんなふうに、精霊たちは、聖女として力を使う術《すべ》だけではなく、私にとっては大切な友達にもなっていたのだった。

◆

ガタン！と大きく馬車が揺れ、動きが止まった。

「聖女リリアーヌ。この辺りが国境です。出てください」

ギイと音を立てて扉が外から開けられる。

急に差し込んだ陽光のまぶしさに、私は手をかざして目を眇《すが》める。

「国境って……森……？」

馬車から降り、草むらの上に足をつけ、ぐるりと辺りを見る。

一面を覆い尽くす、木、木、木。

馬車が走ってきたであろう道、そしてそこから先に続く道を除いて、森のど真ん中ではないかと思うくらい、なにもなかった。

「……ここで、どうしろと？」

思わず私を連れてきた兵士に問いかける。

「国境沿いに捨てておけとのご命令ですから。ここまでです」

「……命令どおり、と言うわけね」

「はい」

そうして、私の身ひとつを残して、馬車は非情にも去っていった。

――なんて融通が利かないのかしら。

そんな感想が脳裏をよぎる。

それとも、『国外追放』という処罰なのであることを考えれば、罰という意味でこれが妥当な処置なのだろうか。

私は辺りを見回した。けれど、木以外なにもない。

「……さて、どうしようかしら」

私は途方に暮れて首を傾げるのだった。

第二章　聖女は森で拾われる

「行ってしまったわね」

遠く走り去る馬車の背面を見送ってから、私は両手を広げて目をつむる。

――人が私をのけ者にするのなら。

私は友達を呼ぶわ。頼れるのは彼らしかいないもの。

「みんな、出てきて」

すると、ぽうっと五色の光が点《とも》って、私の周りを取り囲む。

『全く。まだ開花していないとはいえ、大聖女の卵になにをするのかしら』

そう白く光る光の精霊ルーミエが、怒って光を点滅させる。

『せめて生き延びられるように、村とか街に置いていくだろう、普通』

憤慨した様子でそう言うのは、黄色く光る土の精霊ノールだ。

そして、他にも赤く光る炎の精霊サラマンダー、水色に光る水の精霊アクアと、緑色に輝く風の精霊エアル。

「みんな、こんなところまで一緒に来てくれてありがとう」

聖女たちの中で仲間はずれにされる中、唯一の友達だった精霊たちがその姿を現して、私の心が喜びに満ち溢《あふ》れる。

『そりゃあ、そうよ。私たちはあなたの友達だもの。名前をつけてくれたのもあなたじゃない』

ふわりと飛んで、私の肩に座るエアル。

精霊は数多くいる。けれど、彼らはその中でも特によく私の前に姿を現し、気を配ってくれた。だから、その五人に名前を与えたのだ。

だって、友達に名前がないと話をしたり、呼んだりするときに不都合でしょう？

と、少し脱線したわね。

私は彼らがついてきてくれたことを頼もしく感じた。

「ねえ、みんな。なにもないところに放りだされてしまったわ。私、どうしたらいいかしら？」

せっかく友達が共についてきてくれたのだ。彼らに相談してみることにした。

『そうだな。道は、馬車が去っていった道と、その反対に進む道があるわね』

エアルが両方の道を交互に見る。

『じゃあ、国境沿いということは、反対の道を進んでいけば隣の国につくんじゃない？』

そう言って反対側の道を指さすのはサラマンダーだ。

『でも、私たちと違って、リリアーヌはお腹もすくし、喉も渇くわよね』

そう言うのはアクアだ。

「そうねえ……国を出て、隣の国に行かなくちゃいけないのは決まりなのよね」

そう言われて私は追放されたのだから。

「じゃあ、隣の国……ここから先に行くとして……」

でもどうしよう。着の身着のまま放りだされて、あてにするべき地図すら持ちあわせていなかった。

「どうしよう……」

私は泣きそうになる。すると、目の前にぱっと地図が開かれた。

「えっ？」

目をぱちぱちさせる私に、したり顔で笑っているのはルーミエとノールだ。

『地図ならこっそり持ってきてやったぜ！』

『それに、これもね！』

アクアとエアルが重そうに一生懸命差しだしてきたのは、聖女の魔法の使い方が記述された貴重な魔法書だ。これがないと、素質があっても魔法が使えるようにはならない。

「地図に……それに私の魔法書まで！」

嬉しくて、小さな彼らを抱きしめてしまいたくなるのをいったん抑える。そして、地図と魔法書を受けとってから彼らを順々に呼び寄せて頬ずりして感謝の気持ちを伝える。

それから私は、草むらの上に地図を広げた。精霊たちもおのおのそれを覗《のぞ》きみた。

「うーん、アンベールって、人の国の一番南の端にあるのよね。そうすると、この道が地図上のここ辺りだと仮定すると……ここを南に下っていけばドラゴニア帝国に属する北の端の国にたどりつけそうだわ」

私はそう言いながら道を指でなぞる。

『あら。そうすると、この近くに湖があるはずじゃない』

覗き込んでいたひとりのアクアがトン、と道沿いに描かれた小さな湖の上に乗る。

『私たちと違ってリリアーヌ、あなたは喉も渇くしお腹もすくわ。水は最優先で確保するべきだと思うの』

湖の絵の上を蹴って飛び、くるりと私の周りを舞った。

『だったらリリアーヌが食べられそうな木の実やベリーなんかも集めながら進まないと！』

急に張り切りだすのはノールだ。

「じゃあまず、ここを目指しましょう！」

私は地図と魔法書を腕に抱きかかえる。そして、さっそくとばかりに湖を目指して歩いて進むのだった。

◆

ところ変わって、ドラゴニア帝国の王宮の中。

俺は窓の桟《さん》に肘をかけ、窓の向こうの青い空を眺めていた。

「兄上。今日の収穫はどうだった？　番の気配は見つかったのか？」

燃えるような赤い髪と瞳を持つ精悍《せいかん》な顔立ちの弟アンリが、俺に問いかけてきた。このふたつ年下の弟は、豪放磊落《ごうほうらいらく》な性格で、俺に対してもこのような気軽な言葉遣いをする。そして、生来の表裏のない明るい性格からか、俺を含めた周囲からもそれでよしとされていた。

俺はテオドール・ドラゴニア。ドラゴニア帝国の皇太子だ。

ドラゴニア帝国は帝国という名のとおり、複数の獣人国を統括する連合国だ。そして竜人が頂点に立つドラゴニア帝国の王はその盟主である皇帝である。

「……この顔を見て、想像つかないか？」

俺があえて不機嫌そうな顔をして見せれば、苦笑いをしてアンリが肩を竦《すく》める。

「兄上ももう二十四だというのに難儀するなぁ。ドラゴニア帝国に属する国々はほとんど飛んで回ったんだろう？」

「ああ。猫獣人、オオカミ獣人、リザードマン、エルフ……それぞれの国の上も回って探したが、これといったなにかを感じることは一向になかった。俺には番がいるはずなんだ。その証《あかし》に、俺の左の手の平には番がいることを示す証が刻まれている……」

まだ見ぬ愛《いと》おしい者に思いをはせるように、手の平に刻まれた印を指先で触れてまぶたを伏せる。

番の証、それは、竜人族を含む獣人族などに、運命で定められた我が身の半身たる伴侶《はんりょ》が存在していることを示す。

番とは、竜人族を含む獣人にとって、心身共に最良の結婚相手《パートナー》のことを言う。竜人族の相手は同じ竜人族であることが多いが、他の獣人など他種族が番であることもある。

番は生まれながらのものであり、竜人族が結婚可能な身体になり、側にその相手がいると、本能的に相手の存在を感じることができる。ただ、番と結婚できなくても、他の相手と結婚し、子をもうけることも可能だ。

番同士には、互いが対であることを示すかのように、俺であればユリ、アンリなら獅子《しし》の頭など、なにか揃《そろ》いの印が身体のどこかに刻まれていて、俺の場合には手の平にある。

ちなみに、番となるものが存在しながら異なる相手と結婚したり、番となる相手が死亡したりした場合には、その印は身体から消えるのだという。

「……これがある限り、どこかにいるはずなんだ……」

切なさにため息を漏らす俺に、アンリが反対側の肩から抱きかかえるようにして、大きな手で肩を叩《たた》く。

窓に俺たちふたりの姿が並んで映る。

ガラスに映った俺の銀の髪から覗く青い瞳は、憂いを湛えていた。そして剣術で鍛えた身体は細身に見えるが鍛え上げられて引き締まっている。

それとは対照的に、アンリは学術にかける時間も武芸の稽古に費やしてしまうほどの武芸好きで、剣術にも体術にも優れている。それゆえにひと目見てたくましいとわかる体つきをしている。

ふたり共、竜人族という獣人の頂点に立つ一族なのだが、今の見た目は人の姿と変わるところはあまりない。ただ、耳が人のそれよりも尖《とが》っているだけだ。だが、必要に応じて人型のまま背に翼を生やしたり、身体全体を竜の姿に変えたりすることも可能だ。

「そう落ち込むな！」

俺を慰めようと肩を叩くアンリ。その言葉も、どこかむなしく聞こえて思わずため息が漏れた。

「……ここまで探して見つからないとなると、どこを探してよいものか見当もつかない」

慰めようとしてくれるアンリに感謝の意を伝えるように、ぽんと肩に手を添える。すると、不意に、がしっとその手を掴《つか》まれた。

「まだ探していない場所はあるだろう？　帝国領外の人間の国とかさ！」

――人間？

ふと、その発想には思い至っていなかったと思って、身体ごとアンリの方へ向き直る。そして、がしっとアンリの両肩をわし掴みにした。

「そこだ！　そこまでは探していなかった！」

――相手は獣人だと。帝国の領地内にいるのではという考えに囚われていた。でも確かに獣人ではなく、帝国の領地の外で、人間として生まれている可能性だってあるじゃないか！

「よし、アンリ！　俺はもう一度そちらの方面を探しに行ってみる！」

俺はアンリの肩を叩くと、身を翻《ひるがえ》して、部屋をあとにして駆けだした。一度しぼんだ俺の胸は、再び希望に膨らんでいた。

――まだ見ぬ俺の番。互いに最愛になれるという番。待っていて欲しい。今、迎えに行くから――。

そんな思いを抱いて、庭に出る。そして足を一歩蹴りだす。すると背から銀色の翼が生えてきて、次第にそこ以外の身体の形状も人に似たものから、竜のそれへと変わる。

そして、両方の翼をはためかせて大空へと飛び立つのだった。

◆

精霊たちが見つけてきてくれたベリーやザクロなど、森の恵みに助けられて空腹と喉の渇きを癒しながら、私は数日森の中の小道を進んでいった。当然夜は、柔らかい下草で覆われた場所での野宿だ。

食べるもの、喉を癒すものを探しながらの歩み。それに、着の身着のまま追いだされた私の

靴は野外を歩くには不向きだった。だから、自然と歩みは遅くなる。数日経ったといってもあまり大きく移動はできていなかった
それに、『国境』とは言われていたものの、国境には明確な線引きや柵はない。実際の国境より手前で捨ておかれたのかも知れない。なかなかドラゴニア帝国領に入ったという確信を得られる目印にはたどりつかなかった。

「ゆっくり進んできたとはいえ、そろそろドラゴニア帝国の領地内に入っていてもおかしくないんだけれど……」

そうすれば、その近くにひとまずの目的地である湖があるはずだった。

そうしてやっと、そこにたどりつく。

私の周りを飛んでいた精霊たちのひとり、ルーミエが声を上げた。

『ねえ見て、リリアーヌ。ようやく湖にたどりついたわ！』

ルーミエの声に、足下に気を配っていた私が顔を上げると、木々の合間から差し込む陽光に煌めく湖が姿を現した。

「わぁ、綺麗《きれい》！」

私は、湖に向かって思わず駆けだした。

「飲んでも大丈夫かしら？」

湖の岸辺にたどりついて私が尋ねると、アクアが『大丈夫』と太鼓判を押してくれた。

私はさっそくしゃがみ込んで水を両手ですくい、その清らかな水で喉を潤《うるお》した。

そのあと、立ち上がって湖の岸辺に立ち尽くす。

辺りを見回すと、ぐるりと森に囲まれた小さな湖。そして、その岸辺にぽつんとひとつ丸太小屋が立っていた。

「丸太小屋……誰か住んでいるのかしら？」

森を進む間、休むときはなるべく下草の柔らかい場所を選んで——つまり野宿をしてきたので、身体が蓄積された疲労で「休みたい」と訴えていた。

誰かが住んでいるのなら、ひと晩の宿を請うのもいい。もし、すでに捨ておかれたものなら、拝借しよう。そう思って私は丸太小屋まで歩いていって、その扉をノックした。

「すみません。どなたかいらっしゃいませんか？」

ノックと共に声をかけたが、一向に返事どころか中から物音ひとつ聞こえてこなかった。

「誰もいないのかしら……？」

ドアノブに手をかけて、恐る恐る手前に引いてみる。すると、ギィ、と軋《きし》む音を立てて扉はなんの抵抗もなく隙間程度に開いた。

「……すみませーん。宿をお借りしたいのですが、どなたかいらっしゃいませんか？」

念のため、もう一度そう言って声をかけながら、扉を開いて中を覗く。すると、家具類の上には布が被され、天井に一匹の蜘蛛《くも》が作ったのであろう蜘蛛の巣が張っていた。そして、中から古びたホコリの匂いがした。

『住んでいないんじゃないの？』

入り口の隙間から、止める間もなくノールがすいっと飛んで入っていってしまう。

——精霊は、聖女の中でも特に愛された者にしか見えないから大丈夫かしら？

力を発揮するときには、その力に沿った色に輝く光の球のように見えることはあるみたいだけれど、一般的には見えないのが普通だ。

そんなことを考えながら少し待っていると、ノールがひゅんっと飛んで戻ってきた。

『誰もいやしないぞ？　それに、数年は人が立ち入った気配もないな。空き家じゃないか？』

「そうなの。ありがとう、ノール」

戻ってきたノールの小さな頭を、私は指先でそっと撫でる。すると、彼は得意げにニンマリと笑った。

「じゃあ、おじゃまして……っと」

ギィとさらに音を立てて私が入れるくらいに扉を大きく開く。そして、誰に言うでもなく「おじゃまします」と呟《つぶや》きながら小屋の中に足を踏み入れた。

「さすがに野宿続きは身体が疲れたわ。少しここで宿を借りて、寝泊まりさせてもらいましょうか」

そうはいっても、ほこりまみれに蜘蛛の巣では……と思い、私はさっそく掃除ができそうなはたきやほうきを見つけて、掃除を始めたのだった。

◆

飛びだすようにして王宮を出た俺は、竜の姿で大空から人の国のある北を目指して飛んでいた。

ドラゴニア帝国の帝都を出て、帝国に属する国を幾つも渡ってきた。そして、明確な壁などはないけれども、今はちょうどドラゴニア帝国領とその隣に接する人の国の中でも南端にある、アンベール王国との境にあたるところのはずで、とにかく広い森が眼下に広がっていた。国境とはいっても明確な線引きはなく、ただ広大な森が広がっている場所だ。

さすがにこんな場所には人すらいないだろう。俺は、視線をアンベール王国があるはずの方へと向け直す。そして、その方向に進もうと翼を大きくはためかせる。

そのとき——。

ここは花などない空だ。

それなのに、急に香《かぐわ》しい花の香りがした。

そして、ユリに似た形の紋様が熱を帯びる。それは俺の左の手の平に刻まれているものだ。

『番に出会うと、そうとすぐにわかるんだ。匂いとか、番の印の紋様が熱を持つとか。身体の全ての器官が、相手が側にいるって教えてくれる』

かつて、すでに自らの番を見いだし、結婚している弟のアンリ。彼から耳にした言葉を、俺は思いだした。

「俺の番が側にいるというのか？」

気が急《せ》いて辺りを見回す。けれど、見下ろしても眼下に広がるのは森ばかり。あとは、行商人がやっと通れるくらいの道が一本まっすぐに伸び、そしてその脇に小さな湖がぽつんとあるだけだった。

「下りてみるか」

そう呟いて、俺は翼を羽ばたかせて急降下する。俺は竜の姿から、徐々に人のそれへと変わり、翼を背に持つ竜人の姿に変わっていった。

◆

私は丸太小屋で数日休んで身体の疲れを癒した。

ある日の朝、私はいつものとおり精霊たちと共に、森の側の小さな湖へ、私の水と、食料となる木の実や果物を探しに来ていた。すると、宙を飛ぶエアルがすいっと飛んで前に出た。

『ねえリリアーヌ。あそこにリンゴがなっているわ。あれも採ってきましょうか？』

声をかけてきたエアルは、背の高いリンゴの木を見つけたようだ。そして彼女はその木に実った果実の周りをくるくると回る。

「そうね。でも、うーん。みんなにはちょっと重そうよね……」

私はエアルが見つけてくれたリンゴを眺めて答える。たわわに実るリンゴのサイズは大きく、小さな精霊たちに持たせるのはちょっと可哀想《かわいそう》に思えた。

──木登りなら得意なのよね。

教会で、同僚の聖女たちに意地悪をされて、私の分の食事を捨てられてしまったときに、ならばと教会の裏にそびえている桃などの木の実を木に登って採っていた。そして、それでお腹を満たしていたのだ。

「それじゃあ、私が木に登って採ってくるわ！」

『おてんばなのはわかっているけど、気をつけてよ？』

心配顔でアクアが私の顔を覗き込む。

「わかっているわよ！　じゃあ、登ってくるわね」

私は心配するアクアの頬を指先でぷにっと優しく突いてから、木の幹に足をかける。

「よいしょっと」

手で木の幹にしがみつき、木の幹を蹴って登る。木の枝に手をかけ、太めの枝の上に腰を下ろす。そこから枝分かれしている小枝にリンゴがたくさんなっているのだが、どうにも微妙に手が届かない。

片手で木の幹にしがみつき、身を乗り出して手を伸ばすのだが、あと一歩手が届かないのだ。

「あと、もうちょっとなんだけど……っ」

もうひと息ぐっと手を伸ばすと、私はぐらっとバランスを崩し、身体が木の枝から滑り落ちそうになる。

「え……あっ！　きゃぁ！」

身体を支えていた足が滑り、手で支えきれずに手を離す。そうして襲ってきた落下する感覚に、私は恐怖を覚えて目をつむる。そして、やってくるであろう衝撃を覚悟した――のだが。

その衝撃はやってこなかった。

「痛……くない？」

恐る恐るぎゅっと閉じていたまぶたを開ける。すると、銀色の髪とサファイアの目を持った青年と目が合った。

睫《まつげ》は長く影を落とし、切れ目の青い瞳は理知的な印象を抱かせる。私の姿を映す深い青のその瞳は、まるで吸い込まれそうな気すらする。さらに、鼻梁《びりょう》はすっきりとしていて高い。とても美しい男性《ひと》だった。

だが、人ではないのだろうか。耳の上部は人のそれよりも尖っており、背には大きな銀色の神々しい翼が生えていて、私から太陽の光を遮った。

でもそんなことは関係なく——。

萌《も》えた若草のように若々しく青い香りが鼻をかすめる。

私の背と膝に添えられた腕は男性らしく硬く、熱い。

さらにその背に存在する翼は、その縁が太陽の光に煌めいて銀色に輝き、まるで宗教画の登場人物かのように神々しかった。

——なんて綺麗な、人……。

私は思わず彼を見つめてしまう。

でもどうして私はこの人に抱きしめられているのだろう？

やがて頭が落ちついてくると、自分の状況が理解できてきた。

——そうよ、木から落ちて、男性に抱きかかえられているのよ！

木から落ちた私は、彼に背と膝を腕で支えられ、抱き留められていたのだ。

「きゃあっ！　ご、ごめんなさい」

さっきまでやっていた女性にあるまじき行為を見られたであろうことと、身体同士が密着していることの羞恥に、私は首から上が熱を持つのを感じた。

「……大丈夫。怪我は……ないようだね？」

私を頭からつま先まで眺めみてから、地面に片膝を突いてしゃがみ込んでいる彼が、そっと私を柔らかい下草の上に下ろしてくれた。

——あれ？　顔が熱いのはともかく、どうして胸の上にある痣まで熱く感じるのかしら？

一瞬、生まれたときからあるユリのような模様の痣が、熱を持つのを感じて疑問を持つ。って、でも、今はそれを不思議に思っている場合じゃないわよね！

「危ないところをありがとうございました……って恥ずかしい……」

私は熱を持つ頬を両手で隠すように覆う。

「あのリンゴが欲しかったのかい？」

「……はい」

私の羞恥心を知ってか知らないふりをしてくれているのか、彼は話題を私が採ろうとしていたリンゴの実に振ってくれた。

すると、彼の背に生えた銀色の翼がバサリとはためき、彼が宙に浮く。そして、手を伸ばしてふたつリンゴを採ってくれた。

「はい、どうぞ」

彼がリンゴをひとつ差し出してくれる。

「ありがとうございま……」

お礼を言おうと思ったそのとき、タイミング悪くお腹がクーッと鳴った。

「やだっ、もうまた……恥ずかしい……」

私は片手でリンゴを受けとりつつ、反対の手で頬を隠した。そして、あまりのみっともなさに、目が潤んでしまった。

すると、彼がじっと私を見た。

「あの、……なにか？」

すると、青年はバツが悪そうに、顔を背けた。髪から覗きみえる耳朶《じだ》がわずかに赤くなったのがわかる。

「あ、いや、その。あ、そうだ！　君はこんなへんぴな場所でなにをしていたんだい？　俺は魔獣退治でここに来たんだ。決してここは女の子がひとりでいて安全な場所ではないよ？」

普通、精霊は聖女にしか見えない。きっと彼には私ひとりでいたように見えたのだろう。

「その、リンゴを採ろうとして、落っこちて……」

「それは見ていたからわかる」

「そう……ですよね。その、私……」

そうして私は、自分の身の上に起こったことを説明する。

元は、アンベールの聖女だったこと。

身分不相応ながら王太子の婚約者だったけれど、その婚約者から相手を変えると言われ、私には妾になれと言われたこと。

さすがにそれは受け入れがたく、「婚約破棄させてもらいます！」と宣言したこと。

そうしたら、国外追放を命じられ、馬車でこの近くまで運ばれて放逐されたこと。

ちょうど湖の近くに小屋があったので、そこで数日休んでいて、ちょうど今は朝食になる果物を採ろうと外出していたのだと伝えた。

——木から落ちるのを助けてくれた恩人だもの。いいわよね。

その事実が、初対面でありながら、私から少し警戒心を緩めさせていた。それに、見たこともないくらいに美しい銀の髪と、深いブルーの瞳、そして、私を受けとめてくれた身体のたくましさ。初めて会ったばかりで、はしたないかも知れないけれど、私は彼にほのかな好意を抱いていた。

◆

——危ない！

そう思って自然に身体が動いて、木からリンゴを採ろうとしてしくじった彼女を抱き留める。

彼女の身体は想像していたよりも軽く、ふわりとでもいうように俺の腕の中に収まった。その様子は、まるでここが収まるべき場所だというようだ。

——この人だ。

手の平の印は、より熱くなって、「彼女だ」と教えてくれる。

彼女が俺の腕の中で、ぎゅっと閉じていたまぶたをゆっくりと開いた。

ピンクゴールドのふわふわと緩やかに波打つ髪とガーネット色の瞳。そして幼顔なのだろうか、それらが相まって、その顔はとても愛らしい。腕に抱き留めたその身体の軽さと柔らかさ、そして温もり。この華奢《きゃしゃ》な存在を守らねばと気が急く。

感動と驚きがないまぜになって俺の胸を占めた。けれど、胸を叩く鼓動の高鳴りが気恥ずかしく、彼女には知られたくないと思う。

地面に下ろしてやった彼女はといえば、照れるその様子がまた愛くるしい。

心の中は、やっと運命の相手に出会えた感激でいっぱいだ。

――間違いない。

手の平の印の熱さと、この胸の鼓動が、彼女で正しいと教えてくれた。

「あのリンゴが欲しかったのかい？」

そう聞くと、彼女は羞恥で頬を朱に染めながらも素直にそうだと返事をする。だから、俺は彼女のために翼をはためかせて、リンゴをもぎとってきてやることにした。

翼のある俺には、リンゴを採ることは容易なことだった。俺はふたつほどもぎとって、彼女の元に戻る。

「はい、どうぞ」

下りてきて、俺は彼女にまずひとつリンゴを手渡した。

「ありがとうございま……」

素直に感謝を伝えてくれるその言葉をクーッという彼女のお腹の音が邪魔をした。

「やだっ、もうまた……恥ずかしい……」

羞恥で涙目になりながら頬を赤らめる様子は、あまりに愛らしくて俺の庇護欲《ひごよく》をそそる。熟れたサクランボのようにつやのある唇が動く度に、会ったばかりだというのにそこに触れたいとさえ思う。

――彼女だ。彼女が俺の番だ。

胸が高揚し、愛しさに思わず抱きしめてしまいたくなった。これは、番に出会ったための衝動なのだろうか。

「あなたの身体のどこかに、俺のこの手の平に描かれた印と同じものがないか？」と尋ねてしまいたくなる。けれど、まだ初対面。俺は聞いてしまいたい衝動をぐっと堪《こら》えた。

その間のせいか、俺が彼女をじっと見ているように感じたようだ。

「あの、……なにか？」

彼女が訝《いぶか》しげに問う。

「あ、いや、その。あ、そうだ！　君はこんなへんぴな場所でなにをしていたんだい？」

俺は、話題を逸《そ》らすことにした。

彼女は人間だ。番の仕組みを知っているのは、この世界では一般的に獣人だけ。獣人の番に人間が選ばれることはかなり珍しいことだ。

本当は、「あなたは俺の番なんだ！」と告げてしまいたい。けれど、こみ上げる想いを必死で胸に押さえ込む。なぜなら、会ったばかりでは、彼女が混乱するだろうから。

——生まれつき運命に定められた伴侶がいるなどと。

彼女は人間だ。獣人とは違い、番の存在などなにも知らずに生まれ育ってきただろう。だからきっと、突然番だなどと告げられても彼女は理解できないだろう。

本当は、彼女が持っているはずの俺と同じ印が見たい。そして、俺たちは番なのだと告げたいという欲求を飲み込んで、俺は話題を逸らしたのだった。

「俺は魔獣退治でここに来たんだ。決してここは女の子がひとりでいて安全な場所ではないよ？」

そう言うと、彼女は自分の身の上に起こったことを語ってくれたのだった。

◆

「——というわけで、私はこれからドラゴニア帝国の方々が住まう集落を探そうと思っているんです。私はこの国の獣人のみなさんと違って人間ですけど、癒しの聖女です。だから、その土地に住んでいるみなさんを治療することで生活できないかなぁって思って。……ね、テオドール。私の計画、甘いですかね？」

だいたいの事情を説明し終えると、私はシャリッとリンゴをかじってひと口、口に含んだ。

そして、そのリンゴを咀嚼《そしゃく》しながら、上目使いで彼の横顔を見つつ、評価を待つ。

ちなみに、彼の名前がテオドールで私の名前がリリアーヌということ——つまり互いの簡単な自己紹介も済ませたところだ。

名前の他に説明したのは、私が人の身でありながらこんな場所にいる理由。そして、彼は獣人の国に住む獣人であることなどだ。具体的な種族や家名などは上がらなかったから、もしかしたらそれは伏せたいのかも知れなかった。

私はというと、私がただの癒しの聖女ではなくて、他の能力を行使できるようになるかも知れないという可能性について、彼には申し訳ないけれど伏せておいた。

それは祖国——すでに過去の国だけれど——で口止めされていたこと。そして、そのとき注意されたように、それを告げることで大事《おおごと》になっても困ると思ったのだ。

そんな後ろめたさも感じていると、並んで座っているテオドールは氷も溶かすような温かで蕩《とろ》けるような笑顔を私に投げかけてくれた。

「リリアーヌは偉いね。婚約を反故《ほご》にされた上に妾になれだなんて言われた挙げ句、国を追い出されたというのに。もう自活しようと考えているなんて、君は前向きだな」

私と並んで座っているテオドールがそう言ってまぶしそうに私を見る。それから彼は、顔の向きを戻すと、もうひとつのリンゴをシャリッと食《は》んだ。

私は咀嚼したものを飲み込んで口を開く。

「前向きとか……そんなんじゃないわ。ただ、悔しかったのかも知れない。私には後ろ盾もないけれど、私は私で王妃教育に真面目に取り組んできたわ。それに、聖女の役目も務めてきたつもりだったのよ。でも、殿下にとっては、そんなものは意味がなかったのね……って、あれ？」

ポロリと、ひとしずくの涙が頬を伝った。

「リリアーヌ……」

テオドールが気遣うように私の名を優しい声で呼ぶ。

「あれ、おかしいな。私、本当にあの人との結婚なんて望んでいなかったのに。……どうして涙が流れるんだろう」

一度涙が零《こぼ》れてしまうと、あとは堰《せき》を切ったようにポロポロと涙が瞳に溢れ出ては頬を伝い落ちる。

発した言葉は本心からの言葉で、偽りはないはず。それなのに、胸の奥にある澱《おり》のようなものが喉のすぐそこまでせり上がってくるような、そんな感覚を感じて、止めたいと思うのに涙はなかなか収まってくれない。

「リリアーヌ。泣きたいときは思い切り泣いていいんだ。……幸か不幸か、今ここには俺しかいないよ？　俺の胸でよかったら貸すから……」

テオドールはそう言うと、私の両肩をそっと掴んで、私を彼の方に向けさせる。隣に並んで座りながら、お互い身体を捻って向きあうような形で。そして、彼の長い腕が私を捕らえた。

視界が暗くなる。

私は彼の胸の中に閉じ込められたのだ。

「テオド……？」

私は突然の出来事に戸惑って、身体が硬直する。会ったばかりの男性だ。普通だったらあり得ないシチュエーション。けれど、彼の体温は温かく優しくて、私を癒そうという想いが伝わってくる。私を包む闇は、温かく優しい。

さらに、トントン、と彼は私の背中を規則的に優しく叩いてくれる。

すると、胸の内と、その上にある痣がじわりと温かくなって、彼の優しさを受け入れろと私に甘く囁《ささや》いた。

「うわぁーんっ！」

私は、心の内に溜《た》まっていた澱のようなものを吐き出すように、大きな声を上げて泣いた。

まるで子供のように。そんな私を、テオドールは私の涙で着衣が濡れるのも厭わず、ただ静かに受けとめてくれていた。

きっとこの感情は、ずっと心に溜めて我慢してきた、惨《みじ》めさとか、悔しさとか、そういったものなのだろう。しれっと顔に出さずにいたけれど、心は正直。虐げられてきた惨めさなどが私の心の内に溜まっていたのだ。

それはきっと、あの国で生きていくためには「聞き分けのいい子」を演じざるを得なかったから。受ける仕打ちに、黙って見て見ぬふりをしないといけなかったから。

十歳のときから我慢しなければならなかった、そんな私の心の中の子供の部分が泣いていた。

ボロボロと流れ落ちる涙と慟哭《どうこく》は、私の心を自浄するかのように流れ出て、そしてそれはテオドールの温かでたくましい胸に受けとめられる。

そうして私が涙を流す間、テオドールはただただ静かに私の背を撫でていてくれた。

そうしてしばらく泣いてようやく涙がやみ、ふと気がつくと、向かいあうテオドールの上着の一部分はしっとりと濡れてしまっていた。

「あっ、あの……ごめんなさい」

私はおずおずと上を向いて彼の顔を見上げる。

すると、私の上からは思いもよらないほど温かで優しげな笑みが向けられていて、私は目を瞬かせた。

「すっきりしたかい？」

ニコリと目を細めてテオドールが私に問いかける。

「随分《ずいぶん》と鼻声だ。ああ、そうだ。これで鼻をかんだらいい」

そう言って、テオドールが私に真っ白なハンカチを差し出してくれる。

「え……えっと」

さすがの私も初対面の相手の好意とはいえ、真っ白な清潔なハンカチを差し出され、「鼻をかんだらいい」なんて言われても躊躇《ちゅうちょ》するばかりだ。

「あ、『鼻をかむように』だなんて、面食らっているかな？　大丈夫。さ、それを使って。涙には心を癒すのに効果があるからね。ましてや君は女の子だ。泣いてしまうことを恥じることはないよ。そして、涙を流したら鼻が出るのも当たり前。さ、遠慮することはないよ」

そう言いながら、彼は私の濡れた頬を手で優しく拭《ぬぐ》いとってくれた。

「ありがとう、テオドール」

私は彼が拭ってくれるのを素直に受けながら唇に笑みを浮かべて、感謝の言葉を口にする。

そして、ありがたく、借り受けたハンカチを使って鼻をかむ。

それが終わると、もう一度テオドールに向かって笑いかけた。

「やっと笑った。君には笑顔の方が似合うよ。俺もその顔が好きだな」

――好き⁉

「……っ！」

テオドールの発した言葉に、思わずはじかれたように身体を後ろにそらした。

——いや、私の笑顔を褒めてくれただけよね。

私は胸を押さえて動揺を鎮めようとする。

「はい、綺麗になった。……じゃあ、これからのことを考えないとね」

「……これから？」

私は、あとで綺麗にして返そうと思って、借りたハンカチを折りたたみながら彼に尋ねる。

すると、私が少し距離を取ったことを気にするでもなく、テオドールは思いもよらなかった言葉を口にした。

「そうだよ。これから。君はずっと森にいるつもりはないんだろう？　……ねえ、リリアーヌ」

「なあに？　テオドール」

私があとずさって開いた距離を、テオドールが詰めて私に近づく。

「……俺はこの国の帝都に住んでいるんだけれど、一緒に来ないかな？」

「ドラゴニア帝国の帝都？」

「そう」

提案を受けてみて改めて見てみれば、確かにテオドールは帝都に住んでいてもおかしくない……。いや、私の目で見てもわかるくらいに、かなり上等な布でできた衣服を纏《まと》っている。

「奉仕したいというなら、帝都に行って、その帝都にある教会で奉仕するといいよ。帝都には大勢の民がいる。その中には君の癒しの力を求める者も大勢いるだろう。それに治安もいいから……ッ⁉」

そう言いかけると、テオドールが膝を突いて身を起こし、片手を広げて私を彼の背の後ろにかばう。ガサリと葉擦れの音がしたのだ。

「俺の後ろに隠れていて！」

彼の背中の隙間から見えたのは、オオカミの群れだった。

その姿を認めて、私たちはどちらが言うでもなく、揃って立ち上がった。

私をかばいながら、テオドールは「そこにいて！」と私に念を押す。そして、左の腰に下げていた剣を鞘《さや》から抜いた。そして、オオカミの群れの中に駆けていく。

「テオドール！　ひとりでなんて危ないわ！」

思わず口にしたけれど、それは杞憂《きゆう》で終わる。

氷でできたような透明なその刀身は、その鋭利な刃先でオオカミたちを撫で、または切っ先で突き、次々にオオカミたちを退治していく。その剣の動きには一切のためらいも容赦もなかった。

けれど、最後に残った群れの長らしきひときわ大きい一頭が、その前の一頭に少し手こずらされている隙に、テオドールに襲いかかろうとする。

「テオドール、左！」

私は、オオカミの長の来る方向を知らせる。

すると、一頭前のオオカミを撫で切りにしつつ、左から来る牙を腕で制する。そして、腕を噛《か》ませたまま、流れるような剣捌《さば》きでオオカミの長を剣で突き刺し、絶命させた。

「……これでよし、と」

オオカミたちは全て逃げたか身動きが取れない状態になった。それらに背を向けると、私に向かって笑顔を見せた。

「リリアーヌ。大丈夫だったかい？」

笑顔のテオドールとは対照的に、私は腕から血を流す彼を見て怒り心頭だ。

「よし、じゃないわ！」

彼の左腕の噛み傷から血が滲《にじ》み溢れでる、その腕に私は駆け寄った。

「ルーミエ、アクア！」

私は、治癒に必要な精霊の名を呼ぶ。その言葉に呼応するように、白色と水色の光を纏った彼女たちが姿を現した。

「アクア？　ルーミエ？」

テオドールが怪訝《けげん》そうな顔をする。

空中に突然現れた彼女たちは、普通一部の聖女にしか姿ははっきりとは見えない。だから、彼の目にも、私の言葉で突然光の球が現れただけのように見えるのだろう。

「アクア、ルーミエ。私を助けてくれた人よ。挨拶をしてあげてちょうだい」

すると、ぼんやりとしていた彼らの姿がはっきりとして、多分テオドールの目にも見えるようになったのだろう。

「これは……」

テオドールが目を瞬かせる。

「私の友達の精霊よ。ルーミエ、アクア。こちらは、さっき知りあったテオドール」

互いの名を告げると、ルーミエとアクアがカーテシーのようにスカートを摘まんでお辞儀をする。

「これは驚いた……」

初めて精霊を目の当たりにしたらしいテオドールは驚かされながらも、お辞儀をしてきたふたりの精霊たちに、軽く頭を下げて返す。

「彼の者を癒せ《ヒール》」

挨拶を交わしあうのを見てから、私はテオドールの左手を取って、精霊たちに命じる。すると、ぽうっとひときわ白色と水色の光が強く点って、その傷の周りを回るように浮遊する。そして、治し終えたのだろう。光が空気に溶けるようにして消え去った。

「……痛みが、消えた？」

不思議そうな顔をしながら、カフスボタンを外し、シャツをまくり上げる。

「……治っている」

そう呟くと、彼が顔を上げて私のことをじっと見た。

「ありがとう、リリアーヌ。癒しの聖女というのは本当なんだ」

「そう。癒しの力は、水の精霊と光の精霊の力を借りて行使するの。さっきあなたの腕を覆った光はその精霊たち、ルーミエとアクアの力が具現化したものよ」

傷が完全に塞がっているのを確認すると、テオドールはまくったシャツを元に戻し、袖口をカフスボタンで留めた。そして、視線をアクアとルーミエの方に移す。

「ルーミエ、アクア。君たちもありがとう」

テオドールが礼を言うと、精霊のふたりが嬉しそうににっこりと微笑む。そして、もう事態は収まったとばかりに姿を消した。

消えゆく彼女たちを見送ったあとも、テオドールはしばらく放心したように彼の腕を眺めていた。そのあと、私に視線を戻す。

「実際に見たのは初めてだけれど、凄い力だね。……ああでも、ここも血なまぐさくなってしまったね。ちょっと場所を移ろうか」

足下で絶命しているオオカミたちを見下ろして、テオドールが場所を移そうと提案する。確かに彼の言うとおり、ここはさっきのオオカミたちの血の匂いが充満していて血なまぐさい。

私は彼の提案に乗ることにした。

「ええ、移動しましょう」

そうしてふたりでしばらく歩いていくと、色とりどりの花々が咲き乱れる見晴らしのよい丘に出た。

「わぁ！　綺麗！」

はしゃいで駆け出す私が、くるりと回って背後を振り返ると、テオドールが目を細めて私を見ていた。

「そうしていると、力も抜けて自然体で可愛《かわい》らしいな。それに、俺はリリアーヌの笑っている顔が好きらしい」

さらりとテオドールが私を褒めながらこちらへやってくる。

それに対して私は「可愛らしい」だの「好きだ」などと、慣れない言葉で褒められて、私は頬から耳朶まで紅潮してしまうのを感じる。

「……褒めすぎよ」

私は赤くなっているであろう両の頬を隠しながら抗議する。

「俺はリリアーヌが好きだよ。それにこれの恩人だしね」

そう言って、さっき怪我をした左腕を掲げてみせる。そこは破けた服は元には戻らないものの、その裂け目から見える彼の素肌には傷ひとつ残ってはいない。

「だって、それだけが取り柄だもの」

そう言いながら、やっと火照《ほて》った熱が落ちついてきた頬から私は手を下ろす。

「ねえ、リリアーヌ」

「なっ、なぁに？」

さっきから足を止めて丘の上に立っていた私に、テオドールが追いついて向かいあう。

私はさっきの言葉のせいもあり、ドギマギしながら彼の顔を見上げる。

「俺はテオドール・ドラゴニア。ドラゴニア帝国の皇太子だ。君を帝都に招きたい。君の力は本物だ。俺の気持ちもそうだけれど、きっと民も君を歓迎することだろう」

――あなたの気持ちって⁉　しかも皇太子⁉

私は彼の発した言葉に驚き、そして再びドギマギさせられる。

――きっと、私の聖女の力が欲しいってことよね、そうよね。

私は前の国で選ばれなかった方の女。そう言い聞かせて、私は私を期待させすぎないよう、胸を押さえて自制する。

「私が帝都の教会で治癒の力をもって奉仕することに、殿下がご助力してくれるのですか？」

私は、皇太子相手ということで自然に言葉が敬語になる。

すると、彼は眉間に皺《しわ》を寄せて手をひらひらさせる。

「殿下とか、その言葉遣い、やめて欲しいな」

その言葉のとおり、眉間に皺が寄り、明らかに表情が嫌だと言っている。

「じゃあ、どうしたら……」

私は困ってしまって言葉を濁した。

――身分は絶対だもの。

身分ゆえに迫害されてきた私はそう思う。

そんな彼は、口を開くと私を驚かせるようなことを言う。

「今までどおり俺のことはテオドールと名前で呼んで欲しいし、今までどおりの普段使いの言葉で接して欲しい。そうじゃないと、なんだか距離を感じて……寂しい」

彼はそう言うと、私の方にもう一歩近づいてきて、彼の長い腕を伸ばす。そして、私の両方の腰と手の隙間を縫って差し入れられ、そのまま腰の後ろで手を組んだ。

「あっ、あの……近すぎます……」

私は困ってしまってどこに視線を置いていいのかもわからない。

「君が敬語をやめて名前で呼んでくれるまで、止めてあげない」

テオドールが半ば意地悪げに、半ばからかうように、片方の口の端を上げる。その顔は、私の目の動きや表情の七変化すら楽しんでいそうだ。

「もっ、もうやめてよ、……テ、テオドール！」

私は早々に音を上げて、ぶんぶんと顔を横に振りながらテオドールの要望に応えた。彼は満足そうに瞳を細めると、彼の手が私の頬に添えられた。

私の頬を横切るとき、ちらり、と見えたテオドールの手の平に、見慣れた痣があるのに私は気付く。さっきから、チリチリと熱を放つ、胸の上にあるユリのような形の痣だ。

――あれは私の胸にあるのと同じもの？

問いたいけれど、それを問うには私の衣服の胸元を下げなければならない。初対面の男性相手に到底そんなことができようもなく、私はその疑問を胸にしまい込むのだった。

「じゃあ、俺と一緒に帝都に来てくれるかい？　リリアーヌ」

「ええ、行くわ。テオドール」

森を抜けて街を探すなんて危険を冒すのに比べれば、私にとっては申し分のないくらいの申し出だ。私には癒す力はあるけれど、彼のように戦う力はないのだから。

「あっでも……」

そこで私は、丸太小屋に置いてきたままの魔法書に思い至る。あれは、なにより聖女にとっては貴重な魔法書なのだ。

「どうかしたかい？」

「ここの近くの丸太小屋に大切な魔法書を置いているの。それを取りに行きたいわ」

「じゃあ、そこに寄ってから行こう」

そうして、ふたりで丸太小屋まで戻って、再び丘に戻ってきた。

「じゃあ行こう。……ええと、少し離れてもらってもいいかな」

そう言うと、テオドールの方から私と距離を取りだす。

「……？　はい……」

なんでだろうとは思いながら、私も彼が歩む方とは反対に歩いていく。そうして、ふたりで私たちがいた小さな丘の両端にたどりついたとき、「これでいい」と彼が言う。

彼が、変化していった。

「怖がらないでね」

人のようになだらかだった背中から翼が生え、人と同じように丸かったツメが伸びて尖り、さっきまでなめらかだった肌は硬そうな銀色の鱗で覆われる。身体が大きくなり、人のそれから、ドラゴンの形に変化していた。彼であることを示すかのように、たてがみは彼の髪色の銀、そして、瞳は湖水のような青だった。

「……これが竜形のときの俺の姿。怖くはないかい？」

気を遣うように声をかけてくる。

「いいえ、怖くはないわ。だって、さっき私を護ってくれたテオドールだもの。……それにしても、綺麗……触れてもよいかしら？」

「勿論《もちろん》」

竜の口からテオドールの優しげな声が聞こえる。

「じゃあ……」

私は近づいていって、そっと手を伸ばす。そして、硬質な鱗に触れる。一見冷たそうに見えるそれは、彼の身体の熱を持っていて温かかった。

テオドールが――人間の異性の姿ではないからだろうか。私はさらに一歩近づいて、その身体に自らの身体を寄せあい、頬を預ける。さっきまでチリチリと熱かった胸の痣の熱がなぜか落ちつくのを感じる。まるで、こうあるのが正しいとでも言わんばかりに。

私はその姿勢のまま、目をつむって口を開く。

「さっきはありがとう、テオドール。あなたのおかげで私は助かったわ」

テオドールの腕の怪我のせいで伝えそびれていた言葉を伝える。すると、竜形のテオドールの長い首が私の方に伸びてきて、その首で私を包み込んだ。

「礼には及ばないよ。俺が護りたいと思ったんだから。……さあ、帝都に行こう、リリアーヌ。俺の背の上に登れるかい？」

テオドールは片翼を広げ、その裾《すそ》を地面に触れさせる。

「そこから上がってくるといい。背中まで上がったら、空に飛んだときに振り落とされないようにしっかりとたてがみを掴んで」

私はひとつ頷くと、彼の言うとおりに翼から胴体へとその大きな巨躯《きょく》を登っていく。そして、首の付け根辺りで腰を下ろし、言われたとおりに彼のたてがみをしっかりと掴んだ。

「準備はできたようだね。では、飛ぶよ」

「ええ」

私が応えると、彼は立ち上がり、両方の大きな翼をはためかせる。足が大地を蹴り、ふわりと浮遊感を覚える。さらに、翼が上下される度に高度が上がり、やがて丘も、森も、借りていた丸太小屋も小さな模型のように見えるまでになった。

「凄いわ……！」

空高く浮かんだかと思うと、今度はぐんぐんと帝都とおぼしき方向へ大空を進んでいく。

「空の旅は初めてかい？」

「私は人だもの。当たり前よ。感動だわ！」

喜色を込めて返答すると、テオドールが嬉しそうにひと声咆哮《ほうこう》したのだった。

第三章　聖女は竜と帰還する

「私は人だもの。当たり前よ、感動だわ！」

そう言って、リリアーヌは俺に歓喜も露《あら》わに見るもの全てにつけて感想を伝えてくる。

――なんて素直で純真で可愛らしい人なんだろう。

そして、それと同時に今まで彼女が鬱屈《うっくつ》して生きざるを得なかった人生に思いをはせる。

――これからは、俺が彼女を護っていくのだ。

俺の大切な半身。

まだそれを伝えていないけれど、俺が感じているように、俺の番である彼女もなにかしらの異変を感じとっているはずだ。

その理由を、いつ伝えよう。

竜人の番が人の子として生まれるのはかなり稀《まれ》なこと。おそらく彼女も、そうとは知らずにいることだろう。

そして、俺が背に乗せて帝都に帰ることで、他者を牽制《けんせい》できるはずだ。他の男が彼女に懸想をするような真似はされまい。それに、帝国内でぞんざいな扱いを受けることを未然に防げるだろう。

——大切に護って、慈しんで、そしてしかるべきときに、彼女に俺たちは離れがたい半身同士なのだと伝えよう。

それにしても、聖女の力というものは凄い。さらに、彼女は滅多なことでは姿を見せない精霊を、友達だと言って使役してみせた。人間の国が頑《かたく》なに外に出したがらない理由がよくわかる。その中でも、精霊を友達などと言う彼女は特に希有な存在なのではないか？

俺が負った怪我は、仮にもあの群れの長からの一撃だ。かなり深いところまで牙を立てられていた。その傷を、彼女は精霊を使役することで、いともたやすく癒してしまったのだ。

——それに、俺が傷を負ったことを怒っている彼女も可愛かったな。

恥じたり笑ったりする姿は素直に愛らしい。けれど、怪我をしたことをなんでもないように振る舞う俺に腹を立ててくれるその様も、愛らしいと思えてならなかった。

番だからだとか、それだけではなく。そんな理屈を無視して。

——彼女全部が愛おしい。

そう思いながら、彼女を背に乗せて俺は帝都に戻ったのだった。

◆

「えっと、お城？」

「ああ、そうだよ？」

帝国の城と思わしき建物の屋上に下りたテオドールが、さも当然といった様子で、私にさらりと答える。

「私は人間で、ただの爵位もない小娘なのよ？」

私はただの小娘の身でいきなり王城に連れてこられて面食らってしまう。そんな私のことには気付かないそぶりで、テオドールが応じる。

「竜人族は種族で偏見を持たない。そして、人間の国での爵位など我が国では意味を持たない。それに、リリアーヌは俺の大切な客人だ。文句を言う者は誰もいないさ」

そう言いながら、テオドールが竜形を解いて、人の姿へと戻っていく。

「俺の客人リリアーヌ、見てのとおり人間だ。侍従長に命じて彼女にふさわしい部屋を見繕ってくれ。それから、侍女頭には彼女に似つかわしい服や調度品の準備をし、担当の侍女の割り振りもするように伝えてくれ」

彼が近くにいた人物に指示する。

「は……はっ！」

テオドールに命じられた屋上を警備していた兵士が、彼と、彼の背から下りてきた私を見比べてから、慌てた様子で階下に下りていく。

それを見ながら、そういえば自分は手に持った魔法書ひとつだけしか荷物がなかったのだと気がついた。

——明日身につける服すら持ちあわせていない。

「テオドール……あの、気を遣わせて、ごめんなさい」

申し訳なくて顔を伏せがちに伝えると、くい、と頤《おとがい》に指を添えられて、顔を上げさせられる。

「そういうときには、『ごめんなさい』よりも『ありがとう』の方が嬉しいんだけれどね」

蕩けるような笑顔でそう言われて、額をつん、と優しくつつかれた。

——え！　なんだか対応が甘すぎない⁉

私はドギマギする胸を押さえる。反射的に閉じたまぶたを開く。すると、彼がその言葉を待っているかのように、笑顔のまま立っていた。私は胸が落ちつくようにひとつ深呼吸してから唇を開く。

「テオドール、ありがとう」

私はできる限りの笑顔で彼に応えた。

「うん。どういたしまして」

それから、私はテオドールに片手を取られてエスコートされながら、城の中へと下りていったのだった。

その後私はテオドールに誘われてお茶をしながら、しばらくテラスで待っていた。

すると、私にあてがわれたマリアという名前の侍女がやってきた。

彼女の頭には長い二本の耳が生え、垂れている。

「人間の国からのお客人でしたね。でしたら、この耳が珍しいですか？」

私があまりにもその耳に視線を送っていたからだろうか、彼女は自分の耳を触って微笑む。

「私はウサギ獣人なんです。侍女のマリアと申します。よろしくお願いします」

「こちらこそよろしくお願いします。リリアーヌと申します」

頭を下げて名を名乗ると、彼女は首を振る。

「リリアーヌ様はテオドール殿下のお客人です。一介の侍女の私には気楽にお話しください。

では、お部屋にご案内します」

そう促された私は、テオドールと別れて、彼女のあとについていく。

そうして案内された部屋は、それは豪奢なものだった。ただ単に華美だというわけではない。

ただ、天蓋付きのベッドがあったり、ひとつひとつの調度品の彫りや細工が精巧だったりなど、
造りがいいのだ。

「こんなにいい部屋を私に……？　いいの？」

思わず、案内してくれた侍女に尋ねてしまう。

「ええ勿論です。皇太子殿下のお客人ですもの、当然です。さあ、どうぞ」

入るようにと促されるがまま、私は部屋に入る。

「普段使いのお洋服やドレスは、そちらのクローゼットに入っております。急なことでしたので既製品ですが、サイズは殿下から聞いておりますので、ちょうどよいかと思われます」

それを聞いて、私はぼっと火が出そうな勢いで顔の熱が上がるのを感じる。

――彼には、抱き上げられたり、抱きしめられたりしたんだっけ……。

それで大体の身体のサイズを知られてしまったというのも恥ずかしい。それに、そういうことで女性のサイズがわかっているほど、テオドールという人は女性慣れしているのだろうか？

一瞬もやっとしたものが胸にくすぶって、なんだろうと不思議に思う。

勿論そんな私の心情を知らないマリアは、たんたんと案内を続ける。

「まずは長旅だったそうですから、湯浴みのあと部屋着に着替えてお食事を済ませたら、お休みなさるとよいかと思います」

そうしてそのとおり、マリアが湯浴みの用意をしてくれ、用意された部屋着に着替える。洋服も、華美すぎないが生地が上質で、私のピンクゴールドの髪によく似合う淡い水色のワンピースだった。

身体と一緒に丁寧に泡立て洗ってもらった髪も、乾かし、丁寧に梳《す》いてもらったあと、サイドをすっきりさせるように編み込んでもらった。それをまとめるリボンはワンピースと揃いの色のリボンだ。

「可愛い……ありがとう、マリア！」

鏡の中に映る自分に嬉しくなって、鏡越しに目を合わせてマリアに感謝の意を伝えた。

「滅相もない。素《もと》がよろしいんですよ。さあ、お食事の準備もできております。殿下がご一緒したいとお待ちですよ」

そうしてマリアに案内されて別室へ行く。そこは、テオドールの部屋なのだという。

「殿下、リリアーヌ様をお連れしました」

「うん、入って」

マリアが扉を開けると、テーブルに座って赤ワインらしき飲み物を飲んでいるテオドールに手招きされる。

「さあ、一緒に食事をしよう。リリアーヌ、君はワインを飲めるかい？」

私はマリアに案内された椅子に腰掛ける。

「ええ、もう成人しておりますから、嗜《たしな》む程度には……」

「じゃあ、一緒に飲んでくれると嬉しいな。ああ、彼女の分のグラスも用意して。それから、食事も始めてくれ」

「承知しました」

マリアがテオドールの命に、頭を下げてから部屋をあとにした。

「服、似合ってる。その色は君の髪色に映えるね」

「色々と……ありがとうございます。でも、その……」

「なに？」

「殿下は、少し女性に触れるだけで洋服のサイズがわかるなんて……女性に慣れていらっしゃるんですか？」

　つい、くすぶっていた思いが口に出た。

「名前、それに、敬語」

「あ……」

　テオドールに指摘されて、口をつぐむ。

「でも、俺が女性に慣れていそうだと、そう思ったんだ？」

「……はい」

　返事をすると、テオドールが下を向いて肩を揺らして笑っていた。

「テオドール!?」

「いや、ごめんごめん」

　目尻に涙が浮かんでいる。

「もう。怒りますよ！」

「だから、敬語。……妬《や》いてくれてるのかなって、そう嬉しく思っただけだよ」

「えっ……」

思いもよらない指摘に、私は動揺してしまう。

そこに、救いの神か、マリアが車輪付きの可動式のテーブルにグラスと前菜を載せてやってきた。

「口を挟むようで恐縮ですが……。殿下は、おおよそ把握したというサイズを、弟君の奥様にご相談になってお決めになったんですよ」

「……まぁ、そういうわけで、残念ながら俺はそんなに女性慣れはしていない。探している人がいたんでね」

「探している、人……?」

ならば、女性慣れしていないとしても、想い人か誰かがいるのだろうか。再び胸がもやっとする。そして、なぜか胸の痣がちりっと疼《うず》いた。

――テオドールに他に女性がいたからってなんだというの。

胸にくすぶる思いを蹴散らすように、ふるふると顔を横に振る。

――少し優しくされたからといって、簡単にほだされてどうするのよ。

私は私を叱責する。

ぱっと見てもテオドールは二十代半ばといった外見だ。ならば、想い人のひとりぐらいいるのが当然といったものだろう。

そんなやきもきした私の気持ちに気付くことなく、テオドールは話題を変えてきた。

「ああそうだ、リリアーヌ。君が奉仕を希望していた教会についてだけれど」

「あっ、はい」

「先方には話をとおしてあってね。あさってには訪問してもよいようだよ」

「あっ、そうなのね。……色々と気を配ってくれて、ありがとう。テオドール」

彼の名と共にお礼の言葉を口にすると、テオドールが私を見て嬉しそうに瞳を細めた。

そうして、私は胸の内を気取られないようにしながら、テオドールと共に食事を採ったのだった。


そして翌々日。

「これが帝都の教会……！」

テオドールに連れてきてもらった教会の前で、その荘厳さに、私は思わず感動を声に出してしまう。

「そんなに凄いかい？」

「ええ。勿論アンベールの王都の教会も大きいのですが、こちらの教会の方が、装飾が緻密《ちみつ》で素敵です」

それに、アンベールの教会は一神教であり、装飾は神と天使たちの彫像だけだった。しかし、ドラゴニアの教会は多神教のようで、竜を筆頭に様々な種類の獣の頭を持った神々が彫られたり、描かれたりしていた。その差を比較するだけでも文化の違いがわかって面白い。

「凄いわ！　こっちは竜だけを尊ぶわけじゃないのね。いろんな神様がいるわ！」

そうして教会の中に入っていって、ぐるりと天井画を見上げながら回る私を、気付くとテオドールが微笑ましそうに見守っていた。

「ひとりではしゃいじゃってごめんなさい」

「いや、構わないさ。ああ、教皇猊下がいらっしゃった」

そう言われてみて耳を傾けると、入り口の反対側からコツコツと靴音が聞こえてきた。

「よくぞいらっしゃいました。テオドール殿下にリリアーヌ様」

先にテオドールが伝えておいたのだろうか、教皇だという人が私の名を呼んだ。彼の容姿は、頭部が熊で、身体が人のものだった。獣人といっても獣の姿をしている箇所はひとくくりではないようで、私はその多様さに驚かされる。

「初めてお目にかかります。私はリリアーヌと申します。癒しの聖女として、治癒の力を使うことができます」

「猊下、彼女の力については俺が保証します。実際に彼女にはグレイトウルフに噛まれた腕を癒してもらいましたから」

そう言って、「何事もない」とでも言うように、怪我をした左手をかざして動かしてみせる。

「それは素晴らしい。聖女様なんて、このドラゴニア帝国にいる限り、滅多にお会いできることなどありませんからな」

「……聖女は、人間にしか生まれないんですか？」

「いえ、ごく稀に弱い種族の少女に発現することはありますが、もうここ百年は存在を確認できてはおりません」

——あれ？　それだと、どうやって帝国の人々は傷や病を癒すのかしら？

「あの。この国では、教会で人々の怪我や病を治すわけじゃないんですか？」

私は疑問に思ったことを口にする。アンベール王国では、教会に癒しの聖女が所属しており、癒しを求めて訪れる人々の傷病を癒していた。ところが、ドラゴニア帝国には聖女は滅多に現れないと言うのだ。だったら、人々はどうやって病などを癒したらいいのだろうと疑問に思ったのだ。

「それは、教会に属する薬師が作るポーションという薬品を用いるのですよ」

そう言うと、教皇猊下のお供でやってきた犬っぽい耳と尻尾の生えた少年に、猊下がそれを持ってくるように促す。そうして少年が持ってきた瓶入りの薬品は液状のものだった。

「この薬品は薬師が作るポーションといいまして、病には飲んで、怪我には塗布して癒すのです。それで癒された民はお布施をもって感謝の意を表わすのですよ」

「……なるほど……」

私は、初めて見るポーションなるものをじっと見る。

「ですが！　リリアーヌ様がここ教会で癒しのお力を行使してくださるのであれば、これらは、帝都で消費せずにすみます！　そして、輸送してまだまだポーションが不足している町村に割り当てることができるのです！」

私は、やや興奮気味な猊下の勢いに、視線をポーションから猊下へと上げた。

そして、教皇猊下が私の手を取る。

「リリアーヌ様！　こちらでお力を振るっていただけるとのお申し出、大変ありがたく思います。是非とも、この帝都の民のためにそのお力を振るっていただきたい」

そうして、掴んだ私の両手を上下に振る。

「勿論、無償でとは言わないよ。君の身は帝国が保障するし、働きに対しての報酬も支払おう」

私たちのやりとりを横で見ていたテオドールが条件面について説明を入れる。

「帝国が私の身を保障してくださるなんて……」

もったいなさすぎると思って、戸惑っていると、テオドールも猊下もそんな私を見て笑う。

そして、教皇猊下と繋《つな》がれていた手は、自然と離れていった。

「それだけ、聖女には価値があるということなんだよ。……だからこそ、アンベール王国は聖女を流出させないようにと配慮していたはずなんだが……」

理解できない、といった様子でテオドールが顎に手を添える。

「全くわかりません。しかも、殿下の酷い怪我を治すほどのお力とか。リリアーヌ様を放逐したなど、普通だったら考えられません」

——まあ多分、国王陛下方がお戻りになられたら大騒ぎになるんだと思うけど。

なにせ、私は癒しの聖女としても力は強いのだが、それだけというわけではない。国王陛下とあちらの教皇猊下の言葉が正しいのであれば、その他の力も発揮できる可能性があるのだから。

『結婚が成約した暁《あかつき》には、国のために他の能力についても発揮できるようになれ』と、『それまでは、他の皇族や貴族から横やりを入れられないためにも、一介の癒しの聖女ということでおとなしくしておくように』と陛下に口止めされていたのだ。

アンベール王国の教皇猊下からいただいた聖女の能力鍛錬のための魔法書は、私の身を慮った精霊たちが持ってきてくれた。

あちらの国の教皇猊下には申し訳ないのだけれど、私は身の保障をしてもらえた暁には、是非まだ発揮できていない能力についても伸ばそうと思っていた。そうして、その力をもって生きていこうと心に決めている。

「アンベール王国は、ちょうど神事で国王陛下と教皇猊下が不在で……そのため陛下の決裁権は王太子殿下にあったのです。きっと殿下は私ではなく、別の女性を婚約者にしたかった、その一心だったのかと……」

私はそう言いながら、アンベールのエドワード殿下とイザベル様を思いだす。

――ああ、もう国を出たんだし、あちらの国の方には敬称とかいらないかしら？

私は呼び方の形の面でも気を取り直そうと思い立つ。

内心でそんなことを考えている私を余所に、ドラゴニア帝国の方々の話は進む。

「我々としては、ありがたいことこの上ないですけれどな。我々の国では聖女は生まれにくい。そんな中、他国から我が国に来ていただけるのであれば、大歓迎です」

教皇猊下の言葉に、テオドールが頷いて応える。

「そういうわけで、国をあげて君の身の安全は保障しよう。ああ、教会での奉仕だけれど、そんなに無理はしなくていいんだからね？　いざとなればポーションがあるんだから。君にはなるべく無理はさせたくない」

そうしてテオドールは私の片手をすくいとると、その指先に口づけをした。

――やっぱり距離感が近すぎないかしら!?

そうは思うものの、テオドールの所作がスマートすぎて、流れるように動作するものだから、私はついついそんな親愛の形を素直に受け入れてしまう。しかし、私の心はまだ追いつかずにいちいちドキドキする。

「殿下はすっかりリリアーヌ様にご執心ですな」

「ええ、このとおり。他の誰にも奪われたくないですね」

――その独占欲はどこから来たの!?　聖女として!?　まさかひとりの女性としてとかじゃな

いわよね⁉　うぬぼれちゃダメよ、リリアーヌ。

――それにしても距離感がおかしいわよね……。

私は、またまたテオドールの言葉にドギマギさせられてしまう。

猊下はといえば、そんな私たちを微笑ましいものでも見るような様子で見守っていた。

「さて、では。リリアーヌ様、まだ国について間もないと聞いております。揃えるものやあつらえるものも色々ありましょう。こちらは落ちつきましたらで構いません。ご連絡をいただければ、我々はリリアーヌ様のご来訪を歓迎しますぞ」

「ありがとうございます、猊下」

そうして、私は教会で奉仕する手はずを整えることができたのであった。

閑話　その頃のアンベール王国①

「聖女リリアーヌを放逐しただと⁉」

神事のために出向いていた神殿から帰国した国王は、王太子エドワードの襟元《えりもと》に掴みかかり、教皇はといえば、顔を赤くしたり青くしたりして慌てている。

「なぜ、私があの者をそなたの婚約者にしたと思っているのだ！」

「なにか問題でも？　彼女は一介の癒しの聖女であり平民の女でしょう？　ならば、序列的にも爵位的にもイザベルの方が私の婚約者に、未来の王妃にふさわしいではありませんか」

「そうですわ。私は私の護りの聖女としての力と、我がモンテルラン家の全力をもって殿下にお仕えするつもりですわ」

国王の言葉に、エドワードもイザベルも「全くもってわからない」といった様子で首を捻る。

「──婚約者にして縛りつけておいた聖女という理由について、少しはなにか考えなかったのか！」

「考えましたとも。そして、全くもって理不尽な婚約であると理解しました」

父である国王の怒りに触れても、しれっとした様子で応えるエドワード。

「そうですわ。お可哀想な殿下……」

エドワードを支援しようとイザベルがわざとらしく装って涙を浮かべる。

（これでは、らちがあかない……）

アンベール国王は、頭痛がしそうになる額を押さえながら嘆息する。

「よいか。あの者は今でこそ一介の癒しの聖女に過ぎん。だが、教会の鑑定において全ての精霊の寵愛を受けし者であり、聖女としての全ての能力を行使しうる大聖女になれる可能性があったのだ！　だから平民に身を落としたとしても教会で引きとり、相応の教養を与え、そなたの婚約者に据えておいたのだ！　国の外に出すということは、我が国にとって大損害なのだよ！」

「なっ……。で、でも、あくまで可能性に過ぎないのでしょう？　ならば、イザベルで……」

「馬鹿者！　可能性、潜在能力が大事なのだ！　それがなければそもそも大聖女にはなれん！しかも、彼女が能力を発揮するしないにかかわらず、その血は受け継がれる！」

「……つまり？」

「あの娘が無事に隣国へたどりつくということは、大聖女の身とその血が他国へ渡ってしまうということだ！　それに、仮に森で命を落とすようなことになれば、大聖女の可能性のある血が失われるのだよ！」

さすがにそこまで説明されると、エドワードとイザベルは自分たちのしでかしたことの問題の大きさに気がついて顔を青くする。

「さらに言えば、リリアーヌは特別に精霊に愛された娘でしたから……。このアンベールの精霊も彼女についていったのか、数が減っているようなのです。精霊の祝福が減った結果、今年の収穫の予測はかんばしくありません」

静かにことを見守っていた教皇が苦い顔をしながら口を挟む。

「そ……それならそうと、そもそも最初から言ってくだされればよかったじゃないですか！　そうと知っていれば、リリアーヌをみすみす森に捨てたりしませんでしたよ！」

責を逃れようと、エドワードが国王と教皇に自己弁護しようとする。

「ええい、言い訳がましい！　リリアーヌを打ち捨てたのはどこだ！」

「……この国の辺境の深淵《しんえん》の森の、ちょうど隣国ドラゴニア帝国との境辺りと報告を受けています……」

「そんな場所、獣や魔獣たちの巣窟《そうくつ》ではないか！　早急にリリアーヌを探させよ！」

「はっはい！」

そうして、自分の尻拭いをする形でエドワードの指揮の下、リリアーヌの捜索が始まったのだった。

第四章　聖女と魔獣襲来

「護りの魔法は、土と風の精霊の力を借りるのよね」

聖女の魔法書を読んで確認しながら、脳裏に土の精霊ノールと風の精霊エアルを思い浮かべる。

「えっと、……土と風の力よ。我らに護りを与えしものよ。我に力を与えたまえ。……私を護り《プロテクション》たまえ！」

呼びだしたノールとエアルが姿を現す。しかし、なにも起こらない。

「……また失敗？」

うーん、と私は眉間に力が入るのを感じる。

『そうじゃないんだよな～』

ノールがパタパタと手を横に振る。

『私たちの二種類の力を混ぜあわせるような感じで……』

エアルは身振り手振りでなんとか私に伝えようとする。

そうして四苦八苦していると、何度目だろうか。なんとか私の前にひとり分の障壁が展開された。

「やったわ！　やっとできた！」

『やったな！』

『おめでとう！』

精霊たちにも祝福される。これで、なんとかコツを掴むことができた。また何度か練習すれば、確実にできるようになるだろう。

「まだまだやるわよ！」

『頑張れ！』

『頑張って！』

そうして手伝ってくれた精霊たちと達成感に酔いしれたものの、まだまだ安定するまでは……と一刻ほど練習した。

そして、これでいいかと満足したちょうどそのとき、扉がノックされる音がした。

「失礼します。マリアです」

私はノールとエアルに目配せして、彼らに消えてもらった。

「どうぞ」

すると扉が開いて、大きな箱を持ったマリアが姿を現した。その箱を届けにきたらしい。

「また、テオドール殿下からの贈り物？」

そう言ってマリアの後ろからひょこっと姿を現して、楽しそうにクスクス笑って、からかい混じりに尋ねてくるのは、帝都に住まう中でテオドールから紹介された女性。テオドールの弟の第二皇子アンリの妻のミシェルである。

そんな彼女は、私にあてがわれた部屋の常連にすっかり収まっている。

ミシェルは、ドラゴニア帝国は種族が異なることにも寛容だというのを体現するかのように、猫獣人である。――そう、竜人族のアンリ殿下とは異なる種族なのだ。

猫獣人である彼女のふさりとした長めの白い毛の生えたふたつの耳と、お尻から生えた尻尾、空色の瞳は愛らしい。私よりひとつ年下の十七歳だそうで、年の近い友達ができたようで、私はとても嬉しかった。

私は、城内にあるこの部屋を普段の住まいにとあてがわれ、普段は主に教会に行って治癒魔法を行使して奉仕したり、さっきまでのように聖女の魔法書を読んでさらなる能力を身につけようとしたりして過ごしている。

けれど、ついついそんなストイックに過ごそうとしてしまう私を見かねたのだろうか。合間を縫って、私がこの城に慣れるように、そして息抜きをさせてくれるかのように、ミシェルは度々私の部屋を訪ねてくるのだ。

そうして慣れた様子で私の部屋のテーブルに備えつけの椅子に腰を下ろす。私も練習の手を止めて彼女の向かいに腰を下ろした。

「リリアーヌ様に元々最初に揃えさせていただいた衣装は既製品でしたからね。今はサイズも測らせていただいたので、今日はそれに合わせて作らせた普段使い用のドレスだそうですよ」

マリアが目配せで私の許可を取ると、包みを開け、中に収められたドレスを開いてみせてくれた。濃い青に、銀色の精緻な刺繍《ししゅう》と水色のリボンで飾った、可愛らしいドレスだった。普段使いというだけあってか、くるぶしまでと若干丈が短いので、ワンピースと言ってもいいかも知れない。

「……青……ねえ。リリアーヌったら、愛されてるわねえ。情熱的だわ～！」

「愛……なんて、そんなこと覚えがないったら！」

私は、真っ赤になりながら慌ててミシェルのからかいに否定を入れる。

「鈍感なんだか、臆病なんだか。自分の色のドレスを贈られて、……その上、背中に乗せてもらった時点でもわかりそうなものなのに」

――自分色のドレス⁉

私は一気に頬が熱くなるのを感じる。

自分の色の装飾品を贈る。それは異性への贈り物としては最上級の愛情表現――いや、独占欲すら垣間見せるものではないだろうか？

私は、ドレスをよく眺めつつ、テオドールのことを思いだす。

――この生地に使った青は、テオドールの瞳の色。

――銀糸の刺繍に使われた刺繍糸は、彼の細い銀色の髪のよう。

それを思いだし、彼の姿を重ねてみると、胸がドキドキと高鳴るのを感じた。

どうしてそんなに急に私によくしてくれるのかしら？　そんなに全面に愛情表現をしてくれるのかしら？

答えを今すぐ聞きだしたくも、そんな勇気はなく、自分の中にじれったさを感じる。

——ああもう。頭が混乱するわ！

私は一度話題を変えることにした。

「えーっと、背に乗せるって？　あれは、私を連れて歩くより速いから乗せていただけたんじゃないの？」

私はミシェルの言葉に首を傾げた。

「……ああ、背に乗ることの意味を知らないのね。殿下からはなにも聞いていないの？　全く。牽制のつもりでそうしたんだろうけれど、本人に伝えてないんじゃ意味がないじゃないの。……はあ、情熱的なんだか、奥手なんだか」

頬杖を突きながらミシェルがため息をつく。

「牽制……？」

私は首を傾げる。牽制……聖女に手を出すなということだろうか？

「それと、理由は聞いていないわよ？　だから、よくわからないわ」

私の返答を聞いて、「やっぱり」と言って、ミシェルは肩を落とし再び嘆息した。

「じゃあ、殿下のペースにお任せするしかないのかしら。それにしても、じれったいわ〜」

つん、と唇を尖らせて、つまらなそうに足をぶらつかせる。

ミシェルは、第二王子妃といっても物事の表裏がよくわかって要領がいい。だからなのか、表の場ではきちんと第二王子妃として振る舞っている。けれどその反面、こういったくつろいでいい場では、かなり態度も口調も緩い。その様子は愛らしく、私もそういった彼女に癒されている。

「じゃあ、番っていうの、知らない？」

「……番？」

私は首を傾げた。ますますわからない。困って眉間に皺を寄せていると、テオドールがやってきた。

「あら。殿下」

「ミシェル、リリアーヌと仲良くしてくれるのは助かるが、あんまり困らせてやらないでくれないか？」

私たちのところまでゆったりとした所作で歩いてくると、ミシェルの頭をポフポフと叩いた。

「私はお邪魔虫ってところかしらね」

再び、唇を尖らす仕草を見せる。

「邪魔ってわけではないけれど、これからリリアーヌを城下に誘おうかな、と思ってね。あまり部屋にばかりいても退屈しているんじゃないかって」

「『城下！』」

私とミシェルが揃って声を上げる。

この城でお世話になるようになってから、馬車を使って教会へ赴くようにはなったものの、私はそれ以外の場所に行ったことがない。見てみたいし、行ってみたい。誘ってくれるのなら、もの凄く嬉しい。

――それがテオドールからの誘いならなおさら。

私の心は浮き立った。

「テオドール！　城下へ連れていってくれるの？」

「ああ、俺と共にでも構わないのなら。この国に住むのなら、この国に住む者たちのことを知って欲しいからね。一緒に、街に出かけないか？」

「ええ、勿論よ！」

私は、勢いよく座っていた椅子から立ち上がった。

「じゃあ、私はお暇《いとま》するわね。ふたりで楽しんでいらして」

ウインクをしながら立ち上がると、ミシェルが尻尾をゆらゆらと振りながら部屋をあとにした。

「今日贈ったワンピースは届いた？」

私を見てそう尋ねたあと、テオドールが部屋の中を探すように眺める。

「ええ、さっきマリアが届けてくれたわ」

私が答えると、テオドールが安心したように笑う。

「じゃあ、もしそれを気に入ってくれたなら、それを着てきてくれると嬉しいな」

「とっても素敵なワンピースだったわ。是非、着させてもらうわね！」

私がそう答えると、彼は破顔したように嬉しそうに笑った。

「じゃあ、また着替え終わるだろう頃合いを見計らって、訪ねに来るよ」

そう言うと、私のこめかみに口づけをした。

――なんか、軽いキスを受けるのが当たり前になってきてしまっているのよね。

なんというか、あまりにもそれが自然であるかのような流れでテオドールがするので、つい無防備に受け入れてしまう。

それでもやはり気恥ずかしい。

――こんなんじゃ、無防備に好きになってしまいそうで、期待してしまいそうで怖い。

――テオドールには、誰か探している人がいるというのに。

――私は慎むべきなんじゃないの？

最終的な体裁は自分から婚約破棄をしたとはいえ、結果、森へ捨てられた私だ。自分のことを男性が大切に扱ってくれるというのが、まだ、安心して受け入れきれなくて、あり得ないよ

ら。

うな気がして信じられなくて。

いつか、彼からの親愛を失うかもしれないことが怖かった。

――自分からも本当に好きになって大丈夫なのかしら。いえ、だめよね。誰か、いるんだか
私が思案に耽《ふけ》っていると、テオドールが私に声がけしていることに気がついた。

「……アーヌ、リリアーヌ？」

「あっ、はい！」

「あとでまた来るから。着替えて準備しておいて」

「はい」

私がそう応じると、テオドールは納得したように頷いて、私に優しく微笑みかけた。

そうして、テオドールは私の部屋をあとにしたのだった。

すると、それを見計らったかのようにマリアが私の側にやってくる。

「では、お着替えしましょうか」

「うん、お願い」

私は、マリアに手伝ってもらいながら着替える。そして、贈られたばかりの青いドレスと、
それに合わせた同じ青のリボンを髪に結う。

「なんだか、テオドールの瞳を思いだすような鮮やかさよね」

「……ミシェル様のおっしゃるとおり、そう意図して贈られたものかと存じますが……」

「……うーん。マリアにもそう見える？」

「ええ、そう見えますが……」

――でも、テオドールには探している誰かがいる。

それが引っかかって。

マリアが呟いた言葉は私の耳には届かなかった。

――でも、もしミシェルの言うとおりだったらいいのに。

その鮮やかな青いドレスと銀糸の刺繍は、やはり私にテオドールの瞳と髪の色を思い起こさせる。そのことに、私はドキドキしながら、胸に手を当てるのだった。


「随分賑《にぎ》やかだろう？」

「ええ、びっくりだわ！」

私はテオドールから贈られたワンピース、テオドールは一般庶民が着ているような服を着て、フード付きのローブを重ねている。そして、目立つ銀色の髪はフードで隠している。だから、確かに私が彼の名を呼ばなければ、その正体はわからないのかも知れない。

城下に下りると、商人たちや行商人、買い物をする客に、値段交渉をする人々で賑わっていた。人々は、頭に獣の耳、お尻に尻尾が生えていたり、頭部が獣のものや爬虫類《はちゅうるい》のものだったりして、ここは獣人の国なのだと思い知らされる。

街は石造りで、街並みも街路も全て石で整備されていた。

「ねえ、テオドール」

私は街を行き交う人々を観察しながら彼に声をかけた。

「なんだい？」

フードの下から目で頷く。

「あなたのような竜人ってあまりいないのね……？」

そう。行き交う人々の中には、爬虫類やワニに似た獣人は見かけるものの、テオドールのような竜人とわかる人はいなかったのだ。

「ああ、竜人はドラゴニアの王族か王族に近しい貴族にしかいないんだよ」

「ああ、それで……」

なるほど、と納得する。ならば、こんな市井には滅多なことでは下りてはこないだろう。

「じゃあ、疑問が解けたところでっと……。城の料理に文句を言うわけじゃないけれど、こういうところで食べるのも開放感があっていいよ。俺も時々こうして外に出るんだ」

テオドールが話題を変えた。

「そうなの？　皇太子殿下が……」

「忍びでていいの？」と聞こうとすると、テオドールが私の口元を覆う。そして、私の耳元に唇を寄せて囁いた。

「だめだよ、ここでは俺はただのテオドール。立場は秘密にして」

頭にフードを被って身分を隠しているテオドール。その彼の吐息が耳元にかかり、くすぐったい。私はそのことに、胸がドキドキする。

「ご、ごめんなさい、テオドール。え……っと、あなたはよくここへは来るのね？」

「そうだよ？　さあ、リリアーヌ。なにか、食べたいものはないかい？　私が案内しよう」

ちょうどそこは食べ物の屋台が並ぶ場所だったらしい。私たちは、ちょうど昼食を前にして抜けだしてきた。だからなのだろうか、私もお腹がすいているのに思い至った。

「ん～。そう誘われてみると、ちょっと小腹がすいた気がするわ。それに、この辺りいっぺん、食べ物のいい香りがする！」

私は鼻をひくつかせる。すると、肉を焼く匂いや香辛料の匂いが鼻腔《びくう》をくすぐった。

「うん。そうだろう？　好きなものを選ぶといい」

「あれはなにかしら？」

私は肉の焼けるいい匂いのする屋台の前に駆けていく。

「お嬢さん！　うちの肉の串焼きは美味《おい》しいよ！　買っていくかい？」

トカゲの頭部と尻尾を持った店主に身を乗りだされてしまったので、慌てて私の背後に寄り添うテオドールに目配せした。

「食べたい？」

私が目にした、串に刺さった鶏肉は脂が乗っていて美味しそうだった。どうやらこれは串を手に持って食べるらしい。

――けれどこれって、かぶりつくのよね？

ナイフとフォークでの食事に慣れた私には、少々行儀が悪いのではないかとためらいが生まれる。

「……お行儀悪くないかしら？」

「今は俺と君しかいないよ？」

テオドールがにっこりと微笑んでくれた。

――彼がいいって言うならいいわよね！

「じゃあ、あれが欲しいわ！」

私は思いきって、店主らしき男性の前に並んだ串焼きを指さした。

「おじさん、その鶏の串焼きを一本ずつ。あと、そっちの豚の肉のも二本ね」

すると、テオドールが私の望んだものを含めて、手際よく注文する。

合計四本、テオドールが会計をし、そして、それぞれが串焼きを二本ずつ受けとった。

「わぁ。美味しそうな匂い！」

「ああ、あっちにちょうど噴水とベンチがあるね。そこに座って食べよう」

人混みの中、テオドールが空いた手で私の手をすくいとる。そして、私の腕を優しくひっぱってリードしながら、人の波を縫って歩いていく。

――手！

私ばかりが意識させられているような気がする。私は彼のスマートさが時々憎らしく思えてしまう。

そうして歩いていると、街路樹の木陰や花壇に咲いた花の陰から、精霊たちがはしゃぐように姿を現す。顔を覗かせたり、私に手を振ったり。

「もう！　からかわないで！」という思いを込めて、彼、彼女らに目配せすると、余計に楽しそうに笑っては消えたりまた姿を現したり。

――からかわれているのかしら？

目に見えるほどの近くに、目的地の噴水はある。その目的地の噴水の陰では、アクアたち水の精霊が、水の煌めきに紛れてキラキラと光りながら笑っていた。

――からかうのだったら止めてちょうだい！

心の中で、精霊たちを窘《たしな》めるけれど、その気も知らずに精霊たちは楽しそう。

私はというと、胸がドキドキして、繋いだ手の温もりが気になって、その時間は永遠なのかと思うほどだ。

――ああ、心臓が張り裂けそう！

そうして、私はやはり彼が好きなのだと思い知らされる。

たとえ彼に、探している相手がいるのだとしても。

少しでも私にもその温かな優しさを与えてくれるのなら。

それならそれでいい、と思えてしまうのだった。

けれど、そんな永遠に思えた時間も有限だった。

「ここかな」

テオドールがそう言うと、繋いだ私の手を離す。

――寂しい。

一瞬、離れた温もりに寂しさが募った。

テオドールはといえば、空いた片手で胸元からハンカチを取りだし、ふたり用のベンチの片方に敷いてくれた。

「さ、どうぞ」

「ありがとう！」

手を離した理由が、私のためにハンカチを引くためだったなんて！

一転して嬉しく感じながら、私がハンカチの敷かれた方に座ると、その横にテオドールが腰を下ろした。距離は近く、時々不意に肩が触れてしまいそうだ。

ドキドキするものの、今は串焼きをふたりで食べようってとき。

気を取り直して、私は串焼きに神経を向ける。

さて、串焼き……とはいっても、こんな庶民の食べ物はさすがに食べたことはない。平民とはいえ、以前は貴族だったし、平民になってすぐに教会に引きとられたし。こういった庶民の屋台の食べ物と接点はなかった。

私は手渡された串焼きを前に途方に暮れる。

食べ方がわからなくて、テオドールの方をチラリと横目で見る。すると、彼は器用に串を横にして肉にかぶりついて抜きとりながら食べていた。

――ああやって食べるものなのね。

見様見真似で食べてみる。

かぷり、と歯で噛みつき、串から引き抜いて口の中に含む。すると、じゅわっと滲みでる肉汁が口に広がった。

「んっ、美味しい！」

「だろう？　城の料理人が作る料理は美味しいが、これはこれで城では楽しめないからな。そしてこの開放感」

そう言うと、二本目を食べ始めたテオドールが片手を空にかざす。

すると、そこには雲ひとつない青空が広がっていて、その真下で食べていることに心からの開放感を感じた。私の口角は自然と上がり、もうひと口串焼き肉を食べる。

美味しい、と自然と私の顔がほころんだ。

「ここ、ついてるよ」

そう言うと、テオドールが親指で私の唇の端をついっとすくいとる。そこには、肉に絡められていたタレが載っていた。それを、平然とペロリと舐《な》めとってしまったのだ。

「テ、テオドール！」

私は真っ赤になって恥じらってしまう。男性にそんなことをされるのは初めてだ。ハンカチで拭いとってくれるだけならまだわかる……って、それは私が今座ってしまっていて手元にないからなのかしら。

直接唇の端に触れ、そこにあったものを口に含んでしまうなんて！

私は、初めての経験に驚くと共に、恥じらって頬が熱くなるのを感じる。それに、その仕草と口からチラリと覗く赤い舌。私は一瞬それに釘《くぎ》付けになった。目に映った彼の仕草がやけに野性的で、その色香にひときわ高く私の鼓動が高鳴ったのだ。

私が抗議するのを軽くいなしながら笑っているテオドールが考えていることはわからない。けれど、私も彼も、とても打ち解けて楽しい食事のときを過ごしたのだった。

そうして街を練り歩く中で、私は布屋に目が留まった。

「どうした？」

「ちょっと、気になるものがあって……」

そう伝えると、テオドールが店内に私を連れて入っていく。

「気に入った布があれば衣装にしてもいい。ゆっくり見ていけばいいよ」

彼は、私が自分用の生地に興味を持ったものだと思ったらしい。女性相手でこの場所ならなら、自然な発想だろう。

「ありがとう」

私は、テオドールと店内で別れた。けれど、私が欲しいのは、実は自分のものではなく、テオドールにお礼をするためのもの。

そう。彼の瞳のような青い布きれが目に入ったのだ。だから、この彼が贈ってくれたワンピースのように、彼の髪の色の銀糸で刺繍をして、お返しをしようと思ったのだ。

――いつも、もらってばかりだものね。お礼がしたいわ。

――そして、私の贈ったものがいつも彼の側にあったら嬉しい。

だから、どうせならテオドールにはサプライズにしたい。そう思って、彼には見られたくないなと、店内にいる彼の様子をうかがう。

すると、彼は女性向けの華やかな布地が展示されているコーナーで、真剣に物色しているようだった。

――それは私のため？　それとも探している誰かを想って？

一瞬、私の心が揺れる。そして、私からの贈り物なんて迷惑だろうか、と不安がよぎった。

私は、ぶんぶんと頭を振る。どうやら、テオドールに私が買うものを詮索する気はないらしいことに安心して、私は思いきってネズミっぽい耳と前歯と尻尾を持った店員の女性に声をかける。

「あの。これと、これ、ください」

青い絹の布地と銀の刺繍糸を指さす。

すると、店員がその合計の値段を私に告げる。

私には、教会で奉仕したときのわずかながら貯めたお金がある。だから、それくらいは買うことができるお金は持っていた。私は下げていたポシェットから硬貨を取りだして支払いをする。

会計が済むと、店員がにこやかに対応してくれる。

「じゃあ、包みましょうね」

店員は笑顔でそれを包んでくれた。

「ねえ、リリアーヌ。こっちの生地はどう……って、もうなにか買ってしまったのかい？　君に必要なものなら、俺が払ったのに」

テオドールが生地を物色していた場所から動かず、身体だけ向き直って私に声をかけてきた。顔は若干残念そうな顔をしている。贈り物をしてあげられなかったことにがっかりしているのだろうか？

そんなテオドールに、私は笑顔になる。

「大丈夫よ。私にも教会の奉仕で少しばかりの蓄えができたもの。これくらい自分で買えるわ」

「それで用事は済んだの？」

「ええ」

「そう？　じゃあ、こっちに来てくれないかな？　この淡いグリーンの生地なんだけれど、これ、君の髪に映えると思うんだよね」

私と共に、店員の女性もついてきて、そちらのコーナーに移動する。

すると、テオドールがやってきた店員の女性に目配せして、姿見を持ってこさせた。それから彼は、反物の布を少し広げて、やってきた私の前にあてがった。

「どう？　合うと思わない？」

「素敵な布だけれど……いただいてばかりじゃ悪いわ」

そう言いながらも、彼が迷っていた布は私のためなのだと知って、心が躍る。

「俺が贈りたいんだからいいんだよ……って、なに？」

急に店の外が騒がしくなる。私たちは布地を店員に預けて外の様子を見る。

「スタンピードだ！　スタンピードが来るぞ！　オーガの群れだ！」

街の男が叫びながら、カンカンと警鐘を叩く。

「スタンピードだって⁉」

テオドールが、表情を引き締める。

私は買ったばかりの布と刺繍糸の入った袋をポシェットに急いでしまう。店員は大急ぎで店じまいの準備を始めた。

スタンピードとは、魔獣の群れが、興奮や恐怖などのために突然同じ方向へ走り始める現象。そして、街で警鐘を鳴らしているということは、それがこちらに向かっているということだ。

私たちは店じまいを始めた店をあとにした。

「リリアーヌ。俺は前線の城門の方に向かう。君はひとりで城まで帰れるかい？」

店を出た街路。そこで私にそう告げるテオドールに、私は首を横に振って返して、しがみつく。

「私も回復で役に立てるわ。あなたの……この街の人々の役に立ちたいの。側にいさせて！」

「……助かるよ。でも、絶対前線には出ないと約束してくれるかい？」

「約束するわ」

私が前線に出ても、彼はそのことで気が散って、私は足手まといにしかならないだろう。癒しの力を振るうなら、後方で十分なのだ。

だから、私はテオドールに向かって頷いて、了承の意を伝えた。すると、テオドールが納得したかのように笑顔になる。

「じゃあ、走るよ!」

「ええ!」

彼に力強く手を引かれる。そして、ふたりで逃げる群衆とは反対に城門へ向けて走っていくのだった。

繋げた手はいつもより体温が高く、焦りからなのか汗ばんでいる気がした。彼の手を介して、彼の緊張が私にも伝わって、私はさっきまで浮き立っていた心を引き締めるのだった。

「私は前線に行く。君は後方で補助を頼む。くれぐれも無理はしないように!」

城門につくと、そう言い残して立ち去るテオドールを見送った。

今までは、エドワードと結婚するまでは治癒以外の力は開花させることは禁じられてきた。

希少な存在であること知られないように過ごせと、アンベールの国王や教皇に言い聞かされてきたのだ。私を他の貴族や、さらに他国から奪われないように彼らが引いた予防線。

だから、私は様々な精霊たちと仲良くはなったものの、彼らの全ての力を使うことはできなかった。

でも、今の私にはやりたいことがある。

癒しの力だけじゃない。護りの力だって、この場なら必要になるはず!

もう、誰も私を抑圧する者はいない。

――護りの力で彼らを支援したい！

街の人々と触れあって、自然と強くそう思った。

ポシェットに入れていた魔法書を取りだす。そして、パラパラと該当のページを開いた。

そこには力を分けてもらうのに必要な精霊の種類と、魔法陣、そして魔法を発現させるための呪文が書かれていた。

そして私の気持ちに応じてくれたのか、さっきまで距離を置いて私をからかって遊んでいた精霊たちが周りに向かってくる。

「護りの力は、土と風の精霊に力を貸してもらう！　ノール！　エアル！」

私が叫ぶと、黄色に輝くノールと、緑色に輝くエアルが、他の同種族の精霊たちと共に集まってきた。

「……スタンピードが起きてるの。戦士たちが戦いに出るわ。彼らに護りの結界を張りたいの。力を貸してちょうだい！」

『『もっちろん！』』

ふたりは快諾してくれる。周りにいる名もない精霊たちも、私の言葉を承諾したかのように明るく点る。

「ありがとう！　みんな！」

そう言ってから、私は視線を魔法書から前線に駆けていくテオドールへと向ける。

片手に魔法書を持ち、もう片方をテオドールの方へと差しだす。

「土と風の力よ。我らに護りを与えしものよ。我に力を与えたまえ。……彼の者を護り《プロテクション》たまえ！」

——どうかテオドールを護って！

私が唱えると、先方にいるテオドールの身体が黄色と緑の光に包まれた。

「えっ？」

前線に行こうとしているテオドールが振り返る。そして目が合った。

「君の力かい？」

唇がそう動いたので、そうだと頷いてみせる。彼は嬉しそうに笑って頷いてくれた。

「ありがとう」

そう彼の唇が動いて、再び視線を前線の方に向け、そちらに駆けていった。

——他にも戦いに来ている人たちはいるわ。誰にも怪我をさせないんだから！

「——彼の者を護り《プロテクション》たまえ！」

私は戦士たちに護りの力を与える。

「ぐあっ！」

「彼の者を癒《ヒール》せ！」

そして、加護から漏れた者の中に怪我をした者がいれば傷を癒し。

「彼の者を護りたまえ《プロテクション》！」

そして、まだ護りを与えていない者に、護りを与えていくのだった。

そうする間にも、一般の住民たちが後方で逃げ惑っていた。

——違う、私にはもっと大きな力が使えるはず……！

なぜか、そう思えた。

いや、そう思えたというより、そうしたいと思ったのだろうか。

街も城も、全部私が護る！　護りたいの！

テオドール、私を受け入れてくれた城の人々、教会に勤める人や、そこに癒しを求めてくる一般の人たち。

全てを護りたかった。

すると、魔法書がパラパラとページがめくれる。そこに、その文字があった。

——これよ！　これだわ！　これでみんなを護ってみせる！

「ノール、エアル。帝都の人々みんなを護りたいわ！　手伝ってくれる？」

そう尋ねると、ふたりは嬉しそうに頷いた。

『もっちろん！』

『任せて！』

「じゃあいくわ。——人々を護りたまえ《ワイドプロテクション》！」

黄色と緑の光が私を中心にしてドーム状に展開される。そしてそれは、都市の人々を護るための加護となって、帝都を包み込むのだった。

◆

俺は両手で握った剣を構えて、スタンピードを構成する主立った種族であるオーガ——別名鬼・とも呼ばれる人型の魔物を正面に見据える。

——さすがにここまで市街地に近いと竜の姿で戦うわけにもいくまい。

俺は辺りを見回して判断する。

俺が巨大な竜の姿になったことで市街地に傷をつければ、その復興には時間を要するだろう。

——ここは人型で戦った方が賢明だろう。

もしそれでらちがあかないのであれば、最終手段として竜形となってなぎ払えばいい。

そして、スタンピードの正体を見据える。オーガだ。

オーガは普通のオーガが一体であればそう手強い魔物ではない。けれど、彼らは人間のように群れを作るのだ。そして、上位種であるハイオーガ、オーガジェネラル、オーガキングと上級種によって統率されて群れとなる。

群れとなったオーガたちは危険だし、なにより、上位種になればなるほど個体としても難敵だ。

——来る！

オーガジェネラルを中心とした、オーガやハイオーガの群れが俺に向かって襲いかかる。

「殿下！」

俺の周囲を護る騎士団の制止を振り切って、俺は、その集団に正面切って駆け寄った。

——大丈夫。俺にはリリアーヌの護りがあるから。

彼女の護りは温かく感じた。強く優しい彼女の想いゆえだろうか。

そしてその温かさからだろうか。彼女からの加護は初めてだというのに、大丈夫だという確信が、なぜか俺の胸に確かなものとして存在していた。それが俺の自信、そしてリリアーヌへの信頼に繋がっていた。

俺はまっすぐにオーガの部隊の中央——その部隊を統率するオーガジェネラルに駆け寄っていく。

人間の部隊であれば一兵卒であろう普通のオーガやハイオーガが、俺の行く手を阻もうとして、そのツメや牙で襲いかかる。

キィン！

障壁に攻撃をはじかれたオーガたちが戸惑いの表情を見せる。

そうだ。そんな軽い攻撃はリリアーヌの展開した障壁に阻まれて、俺にひと筋の怪我さえ与えなかったのだ。

——行ける！

俺は確信して、オーガの中で部隊を編成している主である、オーガジェネラルだけを目標に定める。そして、距離を詰める。

——あれを沈めれば、この部隊は瓦解する！

オーガジェネラルを正面に見据えて、剣を斜めに二度振り下ろす。

「——双牙斬《ダブルスラッシュ》！」

俺が剣を振り下ろすと、剣はオーガジェネラルの両方の喉首を掻《か》き切った。大量の血しぶきを上げながら、どうっとオーガジェネラルが仰向けに血に倒れた。

「殿下！　さすがです！」

オオカミや熊、虎などの屈強な獣人たちで編成された騎士団たちから歓声が聞こえる。

——凄い。リリアーヌの加護があるからか、オーガジェネラルのツメや牙ですら怪我ひとつ与えられない……！

俺は前線に出て戦っていた。

「テオドール様！　次、右から三匹来ます！」

「わかった！」

右足を斜め後ろに踏み込んで右に向かって構える。

剣を両手で握りしめ、襲いかかってくるハイオーガたちを見据える。

「来る！」

俺は大地を蹴り、上斜め右から並んでやってくるハイオーガを順に薙《な》ぐ。

――これなら安心して剣技に集中できる！

「無双三段《トリプル・ファング》！」

俺が矢継ぎ早に剣を翻して三体のハイオーガを切りつける。

「彼の者を癒《ヒール》せ！」

俺が技を決めるのと同時に、遠くから彼女の声が聞こえる。

「おお、さすが殿下！」

そんなとき、背後から、彼女の声がした。

「――人々を護りたまえ《ワイドプロテクション》！」

街が、人が、自分が。加護により護られていくのを感じた。

我々には護りがある。自分にも、そして背後に護るべき民たちにも安全が保障されている。

これは心強かった。

――彼女と一緒なら。

今なら、なんでも――どんな難敵とでもやりあえる気がした。

――ありがとう。リリアーヌ。

そう思いながら、手に握った剣を改めて握り直す。

「我々には聖女がついている！　行けるぞ！」

「「「おお――――！」」」

周囲の騎士たちが俺の鼓舞に応じて声を上げる。

彼女は――リリアーヌは、俺たちみんなに魔物の群れなど、恐れるに足らず、と、そう思わせてくれたのだ。

――今ならやれる。

士気の高まりは最高潮だ。

「オーガやハイオーガはお前たちに任せた！」

俺は騎士団長に命じる。

「それでは、殿下は……」

「――オーガジェネラルは倒した。残るはキングオーガのみのはず。それは俺が相手をする」

――これだけの群れなら、おそらく奥に控えているはずだ。

ならば、街から遠い。竜化して、殲滅《せんめつ》することも可能だろう。

本来なら、そこまで奥深くに潜入することは不可能なのだが――リリアーヌの護りがあれば行けるだろう。

――待っていてくれ、俺のリリアーヌ。俺の番。

番がいてくれたらと何度願ったことだろう。だが、苦心して見つけてみれば、こんなにも頼もしい人だったなんて。

ふたりなら、なんでも乗り越えていける。

今なら心の奥底からそう思えた。

「俺には、彼女の護りがある」

「――聖女殿、ですな」

「ああ。……だから、行ってくる。この帝都を護ってみせる。――オーガキングを倒してみせる。それでチェックメイトだ」

俺は決意を込めて宣言する。

「……ご武運を。我々はその道を切り開き、手助けをいたしましょう」

オオカミ獣人である騎士団長とその側近たちが俺の周囲を固める。

「……行くぞ！」

俺たちは帝都の先、魔獣の森に潜んでいるオーガキングを目指して駆けだしていった。

魔獣の森目指して駆けていくと、次々と湧くように現れるオーガやハイオーガが行く手を阻む。

「殿下！　右手前方来ます！」

「騎士団長！　俺はこれから竜形を取る。総員、待避指示を頼む！」

「はっ！」

俺が指示すると、騎士団長が走り続ける俺を残し、騎士団たちをその場に待機させるよう、追いかけてくる騎士団たちの方に振り返って両手を広げる。

「殿下が竜形を取られる！　総員、展開に備えて待機！　殿下が竜形を取られたのち、再び支援を行う！」

「「はいっ！」」

俺はその様子を背後に聞きながら、次第に人型を解いていく。

最初に翼が。

次にツメが硬化し。

そして、次第に肌が銀色に輝く硬質な鱗に覆われていく。

やがて、身体の質量が増し、完全な竜形に変わった。

息を吸い込む。そして、竜形になった竜人族に備わった、喉の奥にある魔法器官で、空気を氷に変えていく。

「氷の吹雪《アイスブレス》！」

団体でやってくる、キングオーガを筆頭とした群れに、そのブレスを解き放った。

オーガジェネラル以下の群れの配下たちは、ほとんどが俺の氷の息吹で凍りつく。

「グォォォォ！」

オーガたちの首領であるオーガキングは、足下を俺の息吹で凍りつかせられながらも、なお、上半身を捻って抵抗する。

「この国も、そして俺の大切な人《リリアーヌ》も俺が護る！」

俺は、硬質なツメを振り下ろそうと右手を振り上げる。すると、オーガキングはそれに抗うかのように手に持った両手剣を俺に切りつけてきた。

キィン！

けれど、その一撃はリリアーヌの護りの前には無力だった。

——リリアーヌ！

俺は一瞬瞳を閉じ、そして、背後で見守っているであろう、瞳に焼きついている大切な人をまぶたの裏に思い描く。

そして、カッと目を見開いた。

「ウォォォォ！」

振り上げた右手をオーガキングに振り下ろす。

「グワァァァ！」

竜のツメの前には、オーガキングたりとも抗うことは敵《かな》わず。袈裟《けさ》懸けに切りつけられたオーガキングが、どうっと仰向けに地に倒れ伏した。

「残ったものの掃討、行くぞ！」

かろうじて俺のブレスを免れた、離れた位置に散らばる残党を、騎士団が処理に回る。首を捻って見回すと、それは順調のようだ。

安堵《あんど》して、俺は竜形を解いていく。

身体の質量が人のそれになっていき。

肌が輝く銀色から肌色に戻っていき。

ツメが人のものに戻り、そして両の翼が背に飲み込まれていく。

人に戻った俺の目に、人混みの奥向こう、ずっと先で見守るリリアーヌの姿が映る。彼女の唇が、俺の名前を呼んでいる。その瞬間、ドクンと胸の奥で鼓動が激しくなった。

そもそも、戦いのあとには高揚感が高まるのが普通だ。だから、今俺は目の前の勝利にとても高揚していた。それに加えて、彼女の存在が俺の胸をさらに高鳴らせる。

――抱きしめたい。そしてその愛らしく俺の名を呼ぶ唇に触れたい。

彼女を抱きしめて腕の中に閉じ込めて、自分のものにしたいという欲求が俺を駆り立てた。

「リリアーヌ！」

俺は愛おしい彼女に、一秒でも早く近寄りたくて、彼女に向かって走っていった。

◆

そうして無事、スタンピードの群れを鎮圧することができた。

スタンピードの原因は、その先の魔獣の森の中に、オーガより上位の魔物が巣くったことが原因で起こったらしい。それには敵わないと、群れで住んでいたオーガたちが逃げ込んだ方向がたまたま帝都だったというわけだ。

前線にいたテオドールが、巨大な銀竜の姿から人の姿に戻り、私の方に向き直る。すると、ぱっと安堵の笑みを浮かべて、駆け寄ってきた。私も、人混みを避けて彼の方に走っていく。

「テオドール！」

「リリアーヌ！」

私たちは、なにも考えず、そして、人目もはばからずに抱きしめあった。

「リリアーヌ、無事でよかった……！」

「テオドール、あなたもよ……んっ！」

唐突に唇を塞がれる。背後は石壁だ。そこで、ドン、とテオドールの両腕で囲い込まれるようにして壁に押しつけられる。そして、私は口づけを受けていた。

唐突な接吻《せっぷん》に驚いて、私は反射的にテオドールの胸に両手を添える。

それは、抵抗したいのか、受け入れたいのか。

突然のこと過ぎて、それすら自分でもわからなかった。

触れた彼の胸が、高揚してドキドキと激しく鼓動を打っていた。

「ん……」

「は……っ、テオ、ドール……」

唇を塞ぐだけの、けれど、長い長い口づけ。

それは私の息を上げさせるには十分だった。

ようやく唇が離れる頃には、私は足が震えて力が抜け、自力で立っていられなくなった。私は彼の胸に添えた手を彼の腕に移動させてしがみつく。テオドールは、私の腰に腕を回して私の震える身体を支えてくれる。

「心配した……」

「私の方が怖かったわ……。あなたが傷ついたらと思うと……」

ようやく落ちついて、自力で立てるようになると、テオドールの片手が私の頬に触れようと近づいてくる。と、その手の平に、見覚えのある印が刻まれているのを認めて、彼の手を取る。

「やっぱりこの痣……！」

「……見覚えがあるかい？」

「……私にも、あるのよ……！」

そうして、私はおずおずと着ていたドレスの襟元を下げて、胸の上に刻まれたユリの花の印を見せた。しかもそれは、今までにないくらいに赤く色づいていた。

「やはり、君が俺の番だった……！」

両手を絡めとられて、再び背後の石壁に押しつけられる。そして、角度を変えて何度も何度も唇を食んでは繰り返される。

「はぁ……っ」

「ん……っ」

「つ、……番、って……？」

「運命づけられた……伴侶の……ことだ」

口づけの合間に尋ねた。

繰り返される口づけは身体中から今まで感じたことのないような歓喜の感情が湧き上がり、身体の奥深くはぎゅうっと熱く締めつけられる。

「私……が？　だって、あなたには……探している人が……いるんで、しょう？」

「それは、君のことだ！　俺が君を背に乗せて飛んだことも……竜人族ではプロポーズの意味を含むんだ……！　君を、ただ君だけを俺はずっと探していた……！」

彼が私の唇を解放して答える。

「テオドール！」

私は嬉しくなって、絡めとられた指を解き、今度は自分から彼の両頬を包み込んで啄《ついば》むキスをして返す。すると、テオドールはそれのお返しとばかりに、啄むキスを私の顔中に降り注いだ。

額に。

鼻先に。

頬に。

そして、唇に。

「リリアーヌ。愛しい我が唯一の番……」

「テオドール……あなたが私の伴侶なのね」

「ああ、そうだ……揃いのこれが、その証だ」

そう言うと私の痣のある胸の上に、彼が自分の手の平を重ねる。互いの痣と痣が重なりあうと、共鳴しあうようにさらにそこがさらに熱くなった。

「もう離さないよ」

「ええ、絶対に離れたりしないわ……」

今度は優しく腕を背後に回されて抱き寄せられるのだった。

「君と一生一緒にいたい」

「私もよ、テオドール。私はあなたにずっとついていくわ」

ひとりで森に置き去りにされた私を連れだしてくれたテオドール。

私に部屋をあてがってくれたり、教会で私の希望どおり奉仕活動ができるようにしてくれたり、贈り物をしてくれたりと、なにくれと理由をつけては気を配ってくれたテオドール。

退屈をしてはいないかと、私を城下町に連れだしてくれたテオドール。

皇太子として、私や帝都の人々を護りきったテオドール。

彼の優しさも、力強さも、全てが私にとっては惹《ひ》かれる理由にしかならなかった。

「婚約しよう。リリアーヌ。両親に君が俺の番であると、婚約者にしたいと紹介したい」

「本当に、本当に私でいいの？　……私は聖女。でもそれだけよ。高い身分もないし、立派な両親ももういないわ」

『――平民の分際で』

何度言われたか知れない私を罵《ののし》る言葉。私をないがしろにしてきた人たち。そんな過去が脳裏をよぎる。そして、それを思いだすと、テオドールからの心躍るはずの申し出を前に私は怯《ひる》んでしまう。

「大丈夫。リリアーヌ、君がいればいい。――俺には、君が全てだ」

「ありがとう、テオドール」

『君が全て』

その言葉が、私の背を後押ししてくれる。

そうして私の頬を歓喜の涙が伝って濡らした。それを、テオドールは唇を寄せて吸いとり、拭い去ってくれたのだった。

「――というわけで、俺の番が見つかりました。ここにいる聖女リリアーヌです」

「リリアーヌと申します」

私たちは、スタンピードの報告と共に、婚約の許しを得に皇帝夫妻――テオドールのご両親に謁見をしにきたのだ。皇帝夫妻はふたり共竜人族だということで、テオドールと同じ尖った耳を持っていた。そして、皇帝陛下は力強い炎のような赤い瞳、皇后陛下はテオドールと同じ青い瞳を持っていた。

「おお、そなたがリリアーヌ！　先のスタンピードでは、癒しと護りのふたつの力を発揮して、我が子テオドールや戦士たちと共に戦い、そして後方で彼らを護ったと聞く」

「そんな素晴らしい力を持つ方が息子の番だったなんて、本当におめでたいわ！」

テオドールのお父様の皇帝陛下も、お母様の皇后陛下も、諸手《もろて》を挙げて歓迎してくれた。

「俺と同じようにやっと番を見つけてその心を射止めたか。よかったな、兄さん」

アンリ殿下も祝福してくださる。そして、その横にはミシェルがいる。

「これで私たち、将来は義理の姉妹ってことになるわね！　よろしくね、姉様！」

そもそも、番というものは、そう運命づけられてしまった以上は、出会ってしまうと離れがたく、番と結婚を許されないことで命を絶ってしまう人もいるらしい。だから、番が存在し、その人物の人となりに問題がなければ、基本伴侶として認められるそうだ。

私もそうだけれど、ミシェルも平民出身らしい。

そういう点からいうと、身分に囚われない国民性といえるだろう。

テオドールからミシェルの身の上も聞かされたおかげで、最初ためらった自分の出自のことはもう気にならなくなっていた。

「リリアーヌ嬢。この子テオドールは皇太子。皇太子――未来の皇帝の伴侶には、私がかつて陛下から贈られたように、指輪が贈られるの。代々引き継がれてきたものよ。さあ、テオドール」

そう言うと、皇后陛下が侍従長に目配せする。すると、彼が小さいけれど金で美しく装飾された箱を持ってくる。

テオドールは、玉座に近づいて、その箱から指輪を取りだす。

そして、私の横に戻ってきた。

「リリアーヌ。父母の許しも得られた。俺の婚約者として、これを受けとってくれるかい？」

「テオドール……勿論です。人間の、この私でいいのなら……！」

テオドールが私の左手を取る。そして、その薬指に、さっきの指輪を嵌《は》めた。大きなダイアモンドを中央に、そして小さなダイアモンドがその中央の石を引き立てるようにあしらわれた豪奢な指輪だった。

それはまるで私の左手の薬指に嵌まるべき運命だったかのように、すっと指の付け根に収まった。

「リリアーヌは、父母の許しは必要なかったのか？」

気遣ってくれるのか皇帝陛下が私に問いかける。すでに身内気分なのだろう。『リリアーヌ嬢』ではなく、『リリアーヌ』と親しげに呼んでくれる。

「私はすでに父母を亡くしております。……身内はおりませんから、許しを得るものなど……」

そう言いかけると、テオドールが私を抱きしめた。

「亡くなったご両親の分まで、俺が君を大切にしよう」

抱きしめる腕や胸の温もりから、温かな優しさが伝わってくる。

「なるほど。それは苦労をしたね。それでは、これからはテオドールの父母である私たちを父母だと、家族だと思うといい。必ず、私たちもそなたをなにものからも守ってみせよう」

そう固く約束してくれたのだった。

私は新しく私に与えられた家族というものを、とても頼もしく嬉しく感じるのだった。

第五章　聖女は予見する

婚約が決まってからしばらく経ったある日のこと。

「まぁたお勉強？」

私の部屋にやってきたミシェルが、つかつかと歩いてやってきて、尻尾をくるんとさせて、私がいるテーブルを覗き込む。

「そうなの。まだ他にも力が使えるはずのものがあるから……」

ミシェルは、義理の姉妹になることが決まったこともあってか、より親しげに振る舞うようになった。そんな彼女は、断ることもなく当然というように、いつものとおりすとんと向かいのテーブルに座る。

そして、身を乗りだして私の読んでいる本を覗き込んだ。

「先見の奇跡ねえ……だったら自分たちがいつ結婚できるか占ったらどうなの？」

そう言って、頬杖を突いてくすりと笑う。

「ミシェルったら……」

私は少し顔が火照るのを感じながら、手を横に振ってみせる。

「自分のことはわからないのよ」

「ええ〜。つまんないわ。じゃぁ、自分がダメなら、テオドールのこととしては占えないの？」

つまらなそうに口を尖らせながら、ミシェルが不満を漏らす。

「そういう誰かひとりの未来を見られたりはしないのよ。国に関わる事象とか、もっと大きな範囲じゃないとわからないの。それに、見たいと思ったことがぴったりなんでも見られるってわけでもないのよ」

私は、彼女にそういったことが書かれた部分を指さしてみせる。

「うーん。つまらない。でも、ちょっと面白そうね。ねえ、それはどうやったらできるの？」

ミシェルが尋ねてくるものの、まだ私ができるかどうかわからないのでちょっと困ったなぁと思う。でも、ミシェルは興味津々。彼女の期待を叶えないのも可哀想かなあと思って、聖女の魔法書をパラパラとめくる。そして、必要なものを調べた。

「ええと、水鏡の要領でやるから、必要なのは水を張る器に、水ね」

「器と水ね！」

私が答えた途端、チリンチリンと鈴を鳴らしてミシェルがマリアを呼んでしまう。

「なにかご用でしょうか？」

「あのね、リリアーヌ姉様の先見の力を使ってみたいから、必要なものを用意して欲しいのよ」

そうして、さっさとやることに決めてしまうミシェル。

「まぁ、先見のお力ですか？　それは素晴らしいですね。なにをご用意すればよろしいでしょうか？」

「水の入る器と、水よ！」

「承知しました。ご用意いたしましょう」

そうして、私を抜きにしてトントン拍子に話が進んでしまった。

「またぁ。まだ、できるようになったと決まったわけじゃないのに……」

私は肩を竦めて苦笑する。

「別にできてもできなくてもいいじゃない？　どうせ私たちしかいないんだもの。練習よ、練習！　そう思えば気が楽でしょう？」

最初は興味なさそうにしていたミシェルだったが、やるとなったらその気になってしまい、すっかり乗り気になってしまっている。その証拠に好奇心で瞳がキラキラと輝いている。

そうして待っていると、マリアが可動式のテーブルに水を張った大きめな白いボウルを持って帰ってきた。

「こんな感じでよろしいでしょうか？」

「うん。まだ練習だし……できるかどうかもわからないの。だから、こんな感じでまずは構わないわ」

そう告げると、マリアは一礼して私の目の前に置いてくれる。

「それでそれで？　どうやってやるの？」

ミシェルは興味津々だ。水鏡状になった水になにか映るのではないかと、うずうずとしながら水面を覗き込んでいる。

とはいっても、私も初めて。勝手はわからない。

私はもう一度魔法書を確認する。

「うーん……。先見の力は光と炎の精霊の力をもってして行使する……ルーミエ！　サラマンダー！」

私が対象となる光と炎の精霊を呼びだす。すると、ぽうっとそれぞれの色に輝いた精霊たちが姿を現した。

「……？　なにかぽうっと光の球のようなものが見えるけれど、それが、今あなたが呼んだ精霊とかいう存在？」

ミシェルは勘がいいらしい。彼らの姿ははっきりとは見えずとも、存在は感じることができるようだ。

「そうよ。白い子がルーミエ。赤いのがサラマンダーね。先見もそうだけれど、聖女の力の行使には、精霊の力を必要とするのよ。そして、先見の場合には、彼ら光と炎の精霊の力が必要なの」

そうしてふたりを呼んだ状態で水の上に手をかざしてみる。

「ねえ、ルーミエ、サラマンダー。私に、あなたたちふたりの力を使ってはいけないという枷《かせ》はもうないわ。力を貸してちょうだい」

するとルーミエとサラマンダーが嬉しそうに笑う。

『予知の力を使いたいか？　俺の力が必要か？』

今まで、私に自分の力を使われたことのないサラマンダーが、ことさら嬉しそうにして私の顔を覗き込んだ。

「ええ、使いたいわ。……お願い、手伝って欲しいの」

『あなたの解放を祝福するわ。おめでとう、リリアーヌ』

『リリアーヌに祝福を』

私が願うと、ルーミエとサラマンダーが笑顔で祝福してくれる。すると、私の中でなにかが弾けて、熱くなるのを感じた。

――今ならできるわ。

確信して、祝福してくれた精霊たちを信じて、その言葉を口にする。

「光と炎の護りよ。我に力を与えたまえ。……予知見《プレボヤンス》」

すると、中央に水をたらしたように、水面が幾重にも円を描く。そして、それは白く赤く輝いている。そして、次第にそれが収まってくると、水面になにか景色が映しだされたのだ。

「なにか見えた……？　これは……なに？」

「なになに？　なにか見えるの？」

ミシェルには水面になにも見えないらしい。水面を眺めながら首を傾げている。けれど、私の目にははっきりと、水が畑を襲う光景が見えてきたのだ。天上からは黒く渦巻く分厚い雲が覆い、土砂降りの雨が河に、大地に叩きつけられている。

そして、その河の流れが曲がるところの堤が決壊し、そこから溢れでた濁流が実った麦畑を押し流していくのが見えた。

さらにその地方の領主の城なのだろうか。家紋のしるされた旗がはためく城が見えた。

「これ……予言が見えたとしたら、洪水が起こるのかも知れない……初めてだから、自信はないのだけれど……実ったたくさんの麦が押し流されてしまうわ」

「洪水なんて大変じゃない！　私はあなたの力を信じているけれど、もし外れていたらラッキーだわ。でも、万が一ということもある。知らせた方がいいわ」

ミシェルがガタンと立ち上がる。そのミシェルの真剣な眼差《まなざ》しが、私を後押ししてくれた。

「そうね。ミシェルの言うことももっともだわ。万が一にでも、これが本当だったら一大事。知らせた方がいいわよね。ねえ、マリア、筆記用具をお願い」

「はい」

マリアは私の部屋にある文机から、迅速にペンと紙を取りだし、私の手元に置いてくれる。

「季節はちょうど麦が実る頃……家紋はこう……そして、河の流れはちょうどこうやって曲がって……」

急いで私は紙に書きつける。

「協力してくれてありがとう、ルーミエ、サラマンダー」

彼らの頬にキスをして、感謝の意を伝える。

すると、ルーミエが私の耳元で囁いた。

『あなたの力は本物よ。自信を持って、リリアーヌ』

それが済むと、することは終わったとばかりに彼らは消えていったのだった。

「テオドールたちに伝えにいきましょう」

城にはためいていた旗にしるされていた家紋からは、きっと領主のことがわかるだろう。麦の産地であることや、河の流れについては、もしかしたら、洪水が起こる場所を絞り込めるかも知れない。

「でしたら、テオドール殿下をお呼び立ていたしましょうか？」

マリアが自ら申しでてくれる。

——呼び立てするっていうのも……。

「私から用事があるのだもの。私が彼の執務室に赴くわ。マリアは行っても大丈夫か先に伝えておいてくれないかしら？　少し時間が欲しいということも一緒に伝えて欲しいわ」

「承知しました」

彼女は一礼すると、部屋をあとにした。

「これは家紋よね？」

「そうなの。水面に見えた城に、この旗がついていたのよ」

「だとすると、そこの領地だという可能性が高いわ。家紋はたくさんあるのよ……だから、私、アンリに頼んで、家紋をまとめた書物を集めてもらうわ」

じゃあね、と言うと、ミシェルも部屋をあとにした。

「本当に予知……なのよね」

ふっと自分の自信のなさから、結果に対しての疑念が湧く。

けれど……。

『あなたの力は本物よ』

——そう言ってくれた、そして予知見を手伝ってくれたルーミエとサラマンダーを疑うことになるもの！

聖女は精霊あっての存在だ。彼らの加護を得て導きだした結果を、聖女である私が疑ってどうするのだと、湧きでた疑念を打ち消した。

「テオドールに話さないと……」

私は、書き留めた紙を手に、テオドールの執務室に向かうのだった。

コンコン。

「リリアーヌです」

「ああ、リリアーヌ。マリアから来ることは聞いているよ。入ってくれ」

扉をノックして名を名乗ると、すぐにテオドール本人の声で返事が聞こえた。

部屋に入ると、テオドールは執務机から立ち上がって、私を迎えに来てくれる。そして、私のことを抱擁すると、唇に啄むだけのキスをくれた。

「新しい聖女の力でなにかあったんだって？」

「予言の力を使うことができたようなの。そうしたら、ある地域に河川の氾濫があることが見えて……これが、見えた内容よ。どこかの領主の城の近くみたい。そして、その城には紋章付きの旗が飾られていたわ」

抱擁を解かれると、片手で腰を優しく引き寄せられながら、私は内容を書き留めた紙をテオドールに見せる。

「ああ、だからミシェルとアンリが帝国内にいる領主たちの紋章をまとめた図鑑を持ってくると言っていたのか……」

「そうなの。ちょうど、これを見たとき、ミシェルがいたから……」

テオドールは、私の持ってきた紙を受けとり、顎に手を当てながら考え込んでいる。

「この旗は見覚えがあるな……そうだ、確か、麦畑がやられていたんだったよな？」

「ええ、そうよ。河の流れがちょうど曲がるところで河川が決壊して、麦畑を濁流が押しつぶしていたの」

「……うん。そう考えると、この旗にしるされていたっていう紋章はエモニエ公爵領の可能性が高いな……あそこは麦の産地だし、確か、紋章もこれに似ていたはずだ」

そうふたりで話していると、アンリ殿下を伴ったミシェルがやってきた。

「洪水の話、ミシェルから聞いた。紋章の図鑑を持ってきたぞ」

ひとりでは持ってこられる量ではなかったらしく、そのあとから侍従たちが運び込んでくる。

「ああ。おおよその見当はついていてね……エモニエ公爵家が怪しいんじゃないかと思っているんだ」

「ああ、あの小麦の産地のエモニエ領か……」

膨大な本の中から、アンリ殿下がエモニエの頭文字の貴族の家名をしるしたものを探す。そして、その中から、エモニエ公爵家を探しだした。

「……これだわ！　私が見たのはこの紋章よ！」

水鏡の中に見えたその家紋がちょうど描かれた部分を私は指さした。

「地図がいるな……」

テオドールがそう呟くと、立ち上がって書棚の中を探す。その中にある何枚もあるドラゴニア帝国領の地図の中から、一枚の地図を探しだして、机の上に広げた。

「確かにエモニエ公爵領には大きな河が流れている。そして、リリアーヌの言うように、複雑にうねる場所があるな……。ここは土地柄洪水に備えて堤は築いてあるんだが、ここに今までにないほどの大雨が降れば、確かに今ある堤が決壊してもおかしくはない……か」

そこで、テオドールは私に向き直る。

「この件、俺に任せてくれないか？　エモニエ公爵と直《じか》に話して、その大雨の日が来る前に早急に対応する必要がある。それを調整してこよう」

「信じてくれてありがとう」

——信じてくれて嬉しい……。

『未来が見えた』なんて、一笑に付されてもおかしくないのに、彼は私の見たものを全面的に受け入れてくれた。それに、まだこの国に来て間もない私の言った政治的な発言を受け入れてくれるのも。

番だと愛してくれるのは嬉しい。けれど、それに加えて、こうやって信用してくれるのもとても嬉しかった。

「頼りにしているわ、テオドール。あとはよろしくね」

そう言うと、テオドールが促すように彼の頬を指で指し示した。私はそれに応えるように、頬に口づけをする。

「じゃあ、あとは男性たちに任せて、私たちはお暇しましょう」

そういうミシェルの言葉に促されて、ふたりでその場を去ったのだった。

◆

「それにしても驚いた。リリアーヌは一体幾つの力を持っているんだ？　なあ、テオドール」

アンリが、ミシェルと共にリリアーヌが出ていった扉を眺める。

「そういえば、癒しの聖女だと聞いていたけれど……他の力をこれだけ使えるとなると、もしかしたら、まさかあの伝説の大聖女として目覚める可能性があったりするのか？」

俺たちは兄弟で顔を見合わせる。

「だが、そんな可能性を持った聖女を――そもそも、聖女を追放するなんて、どれだけアンベール王国の王子は馬鹿なんだ。まあ、そのおかげで、彼女は解放されてテオドールは伴侶を得ることができたからありがたいのだけれど……」

「まあ、確かに、彼女は以前、その王太子の婚約者ということで国に縛りつけられていたから、その婚姻が成立してしまっていたら、俺は番とは別の女性と結婚しなければならなくなるところだったしな……まあ、向こうの失策に、こちらは感謝ってところか」

俺がそう呟くと、アンリが頷く。

「ああ、そうだよな。番を得られないのは辛《つら》い……が、番と、半身とのふれあいはいいものだろう？」

ニヤリ、と笑って、アンリが俺をからかってくる。

「まあ、口づけだけでも体中が高揚して全てを奪い尽くしてしまいたくなるな」

口づけをしていたのは、スタンピードのときに大勢の者に見られていたから、隠すでもなく回答する。

「さっさと婚姻を結ばないのか？　最高だぞ、番との……」

「それ以上はストップ。彼女はまだこの国に来たばかりだし、俺とも過ごした時間は短い。それに、国王陛下が認めてくださっているとはいえ、皇太子の俺の相手となれば、やはり時間をかけて外野にも認めさせないと……」

慎重にいきたいのだ、ということを告げていると、アンリは面白くないといった様子で肩を竦めた。

「まずは、彼女の力を内外に知らしめたい。俺の番であるだけでもいいのだが、皇太子妃、その先は皇妃となる身。彼女には力がある。それを知らしめて、内外から歓迎される環境で妻に迎え入れたいのだ」

そう答えると、俺は執務机に腰を下ろす。そして、二通の書状をしたためる。一通は国王である父上、そして、もう一通はエモニエ公爵宛てである。

「アンリ。父上にまずこの書状を渡し、了承が取れたら、もう一通の書状を以《もっ》てエモニエ公爵を呼び立てろ」

「承知した」

笑みを浮かべながら大げさに礼を執ってから、アンリが二通の書状を持って部屋をあとにした。

ひとりになった俺は、椅子に深く腰を掛け直し、ため息をつく。アンリの言葉が響いていた。

――婚姻を結べるなら。……リリアーヌを身も心も貪り尽くせたらどんなにいいか。

口づけだけでも激しく高揚するのを感じるが、同時にそれだけでは足りない渇望も抱えている。

けれど、彼女の能力と幸せを考えると、もっと内外に彼女の価値を示してから婚姻を結んだ方が、敵を抱える必要もなく、幸せなのではないかと思えるのだ。

そこに飛び込んできたのが、今回の洪水の予言。

対象は有力でかつ、王家に血の近い竜人族であるエモニエ公爵だときた。

彼の地の危機を彼女の予言で救えたとなれば、リリアーヌはエモニエ公爵の支持を得ることができるだろう。

竜人族は他種族との結婚にも寛容だ。けれど、俺が皇太子であるのがネックだった。俺に娘を輿《こし》入れさせ、姻戚関係になりたいと願う貴族は大勢いる。

婚約を発表した今でも皇太子である俺に、そして第二王子であるアンリにも、第二妃を促す声はあるのだ。

そこに、リリアーヌにエモニエ公爵の後ろ盾があるとなれば、安心なのだ。

――苦労はさせたくない。

この案件は絶対に失敗はできない。そう思う。

――だが、今すぐにでも欲しい。

それも本心だ。

今まではその存在が掴めないことがもどかしかったが、手中にあるとなると、全てを我が物にしてしまえないのがもどかしい。

飢《かつ》えるようなこの欲望を、俺は必死に押し込め、エモニエ公爵からの返事が来るのを待つのだった。


「聖女の予言でしたか。素晴らしいものですな、テオドール殿下」

そうして一週間が経ったある日のこと、俺と父上、エモニエ公爵が一堂に会した。

「ああ。俺の婚約者でリリアーヌというのだがな。複数の聖女の力を有するようなんだ」

「……それは素晴らしい。確か、帝都にスタンピードが起こったときにも、癒しと護りの力を発揮したという聖女がいたと噂に聞きましたが……」

「ああ、それが彼女だ」

「おお！」と目を見開いてエモニエ公爵が驚いてみせる。

「そして、我が領地に水害が起こるとのことでしたな？　……確かにおっしゃられたとおり、あの河川のご指摘の場所は、堤をもっと強固にせねばと思っていたところなのです。川がうねっていて、川の水量がかさむと一気に今の堤を決壊させかねません」

「なるほど……では、そなたの婚約者リリアーヌの予言も、あながち的外れというわけでもないわけだな」

エモニエ公爵の言葉に、父上が顎鬚《ひげ》に手を当てて思案げに表情が曇る。

「あの一帯は我が国の大穀倉地帯と言ってもいい。あそこが水害になるなど、国の一大事だ」

「はっ。ただ、我が領だけで堤の補強を、しかもいつ起こるかわからない水害のため、早急に施工するとなると、いささか人手も予算もままならず……」

「ふむ……。確かに、エモニエ公の言うことももっともだな……」

父上の言葉に、エモニエ公爵は困ったといった様子で顔色を曇らせる。

「父上」

「なんだ」

そこに俺は口を挟んだ。

「あそこは父上のおっしゃるとおり、我が国随一の穀倉地帯です。あそこを水害でやられると、民の中にも困窮する者も大勢出ましょう」

俺がそう言うと、父上は深く頷かれる。

「こうしてはどうでしょう。国からも、人手と工賃を貸与するというのは。そうすれば、みすみすわかっている水害です。防ぐことも可能ではないかと」

「殿下……」

俺の言葉に、エモニエ公爵の曇りがちだった顔が明るくなる。

「それに際して、ひとつ頼みがあるのだが……」

「勿論、予言された水害が未然に塞がれた暁には、私にできることでしたらなんでもやらせていただきましょう」

エモニエ公爵が胸を叩いて頷いた。

「堤が無事完成し、水害を乗り越えた暁には、そなた、リリアーヌの後ろ盾となって欲しいのだ」

俺は、考えていたことを口にした。

「勿論です。事前に洪水を予言していただき、さらに、国から助力をいただける。きっと、その予言を有効に活用して、洪水を未然に防いでみせましょう。その暁には、リリアーヌ様を皇太子妃、そしてゆくゆくは皇后として支持してまいりましょう」

こうして、エモニエ公爵の支持を得ることができる算段をつけられたのだった。

そして、急な工事となり一ヶ月ほどでの突貫工事だったが、無事、堤を改善することができた。

やがて、その工事も完了した頃、俺はリリアーヌを背に乗せて、そのエモニエ公爵領へとやってきていた。

「リリアーヌ。君が見たというのは、この辺りかい？」

「ええ、そうよ。ほら、ちょうど、あそこに旗が見える」

遠目に見える領主の城には、小さく旗がはためいていた。

「君の予言したとおりに、この河の弱い部分……うねる場所の堤を高くしてみたんだ。これでどうだろう？」

「うーん……、見ただけじゃわからないわ。やっぱり、もう一度水鏡で見てみたいの」

俺が尋ねると、リリアーヌが困ったように首を横に振った。

「だったら、あそこの小さな池はどうだろう？」

かつての河の氾濫の名残である、川沿いにある池を首で指し示す。

「うん。あそこならわかるかも知れない」

その答えに、俺は翼をはためかせて、その池の横に舞い降りた。そして、リリアーヌが下りたのを見計らってから、竜形から人型に戻った。

「もう一度見るわね……」

リリアーヌが水面近くに歩いていき、ぱしゃぱしゃと水の中に入っていく。池の中央は腰の高さほどの水深らしく、そこで止まると、彼女は水面に両手をかざす。

「光と炎の精霊の力……ルーミエ！　サラマンダー！」

彼女が精霊を呼びだしたのだろう。ぽうっと白と赤の色に輝いた丸い光が姿を現し、幾つも湖面の上に浮いていた。

「光と炎の護りよ。我に力を与えたまえ。……予知見《プレボヤンス》」

すると、池の中央の彼女を中心に、水面が幾重にも円を描く。そして、それは白く赤く輝いていた。

彼女は真剣な表情で水面を眺めているから、きっとなにかが見えているのだろう。

「ん……テオドール。まだ、だめみたいなのよ」

ふるふると首を横に振るリリアーヌ。

「なにがだめなんだい？」

「大きなうねりの方は堤が決壊することはないわ。でも、そのおかげで、その次の小さなうねりの方で決壊してしまう……」

「なるほど、それでは、もうひとつの堤の方も高く強固にすることにしよう」

「ええ、お願い」

そうして、ザブザブと水をかき分けながら、池の縁にいる俺の元へリリアーヌが戻ってくる。

「ああ、こんなに濡れてしまって」

まさか池の中に入るとは思ってもいなかったから、着替えも用意していない。俺は仕方なく、せめてもと自分のコートを彼女に羽織らせた。

「早く帰ろう。大切な君が、風邪を引く前に」

「そうね」

俺はコートの上から彼女の身体を抱きしめる。

ユリの印のある手の平から、胸の内から、彼女への愛しさと熱が生まれる。

「リリアーヌ……」

「ん……テオドール……」

私たちは唇を重ねあわす。何度か角度を変えてから、ようやく彼女を解放した。

――もどかしい。そうじゃない。もっと、深く……。

きっとこのもどかしさは、対である彼女も同じだと思いたい。

――今はまだ、そのときではないから。

俺は思考を切り替えようと、ふるふると頭を振った。

「さあ、戻ろう」

そうして彼女を促し、俺たちは帰途についたのだった。

そうして再びひと月が経った。

「テオドール！」

リリアーヌが飛び込むようにして私の執務室を訪れた。

「急にどうした？　リリアーヌ」

私は飛び込んできたリリアーヌを抱き留める。

「堤よ！」

「堤？　ああ、あそこはちょうど工事がそろそろ終わる頃だが……」

「堤が決壊しないの！　また予言の結果が変わったのよ！」

彼女は嬉しさを隠しきれない様子で、思わずぎゅうっと俺に自分から抱きついてくる。そんな無邪気な一面も可愛いと思う。

「それはよかった。早急に父上とエモニエ公爵にも伝えよう」

彼女を愛おしく思い抱き留めながら、私は彼女に提案する。

「そうしてちょうだい！」

俺たちは、軽く啄むキスをした。そして俺たちは父上と公爵にことのあらましを伝えるべく、部屋をあとにしたのだった。


そうしてリリアーヌの予言から二ヶ月が経ったある日、国を豪雨が襲った。

リリアーヌの予言が当たり、エモニエ公爵領は過去経験したことのないほどの大雨に見舞われた。河はうねり水嵩《みずかさ》は増したものの、なんとか堤は決壊に至らず、リリアーヌが最後に見たとおりになったのだった。

　こうしてドラゴニア帝国の中でも屈指の力を持つエモニエ公爵がリリアーヌの後ろ盾となり、支持することを宣言してくれることとなり、俺たちの婚約はより強固なものとなったのだった。

　種族に寛大な獣人族。とはいえ、未来の皇妃として心許《こころもと》ない思いはさせたくない。そんな後ろ盾のないリリアーヌの立場を固めることができて、俺はひと安心するのだった。

　こうしてエモニエ公爵の後ろ盾ももらい、リリアーヌの婚約者としての立場も安定したものとなってきた。なにより、あの地域が水害に遭わなかったことは、この国にとって影響力が大きかったらしい。エモニエ公の領地は国内最大の穀倉地帯であったため、国民全体が主食不足に陥り飢えることを未然に防げたのだ。それを防いだリリアーヌの聖女の力を喜び、賞賛する声も多い。

　やはり、種族、身分に寛大な獣人たちの国ドラゴニア帝国とはいっても、それでは将来の皇后になる人物が、国のためにどんな貢献ができるのかを気にする者もいるのも当然だ。

　その点で、リリアーヌはこの一件で国民から大歓迎された。

　――リリアーヌのおかげで水害を未然に防げたとはいえ、彼女の役にも立てた。

　俺がそこをどうするか悩んでいたところに、ちょうど渡りに船といったタイミングでリリアーヌが予言の力によって、水害、ひいては国規模の飢饉《ききん》に繋がることを事前に予言した。そこで、俺はそれを利用したのだ。

◆

水害を予言してから、私はようやくひと息つくことができた。

――テオドールって、剣の腕も確かだし、竜になると頼もしいのは確か。けれど、水害の件を利用して私の後見人に有力な公爵をつけてしまうなんて、とても賢い人なのね。

魂の片割れである番であり、愛する男性がそういう人であることを、私は嬉しく思うと共に頼もしく、そして誇らしく思っていた。

――そういえば、私は確か全ての聖女の力を持つ『大聖女』となれる可能性があると聞いたけれど、あとひとつ、『豊穣』の力を使っていないわね……。

日々教会に通う合間に聖女の力の使い方は日々練習している。

けれど、残りのひとつの『豊穣』だけは、まだ使うことができないでいた。

――どうしたら『豊穣』の力も使うことができるのかしら？　使えたらきっとこの国でもとても有用な力になるわよね。

国が豊かになって欲しい、そう願うのは嘘じゃない。だから、対象となる水と土の精霊のアクアとノールを呼びだして聞いてみる。しかし、彼らも首を振るばかりで、どうしたらそれが可能になるのかは、そのときはまだわからなかった。

閑話　その頃のアンベール王国②

「なに？　ドラゴニア帝国の皇太子の婚約者が決まっただと？　我が国からの婚姻の申し込みはどうなったのだ！」

玉座に座ったアンベール国王が、忌々しげに王笏《おうしゃく》を手の中で打ち鳴らす。

「は、はあ、父上。彼の国の力は強大。妹の第一王女カトリーヌをどうかと打診していたのですが……」

王太子エドワードが父の剣幕にタジタジになりながら答える。それを受け、さらに忌々しそうに国王が舌打ちする。

「ええい！　そういえば、リリアーヌの捜索はどうなった！　エドワード、森に打ち捨てたお前に責任を持ってあの娘を探せと命じておいたはずだが⁉」

その問いかけに、全く進展を得られていなかったエドワードは、苦々しげな表情を浮かべる。

するとそのとき、教皇がやってきた。

「それについて報告があります」

教会は教会で、聖騎士や暗部の者を使いリリアーヌ捜索をしていた。

「この件、繋がりました」

「なに⁉」

「ドラゴニア帝国の皇太子の婚約者として選ばれたのは、そのリリアーヌであるようです。そして、帝国内の噂によると、『豊穣』を除いた『治癒』、『護り』、『予言』の力を発揮したとか……。彼の国の有力な貴族も後ろ盾になっており、その婚約も帝国内では盤石なものとなっているようです。……面倒なことになりました」

眉間に皺を寄せ、教皇が困った様子を見せる。

「なんだと？　我が国からの結婚の打診を無視し、我が国の宝のリリアーヌを婚約者にだと？　そんなことあってはならん！」

国王は荒々しげに唾を飛ばす。

「ですが父上……すでに婚約が決まったものを、どうなさるんです？」

そう尋ねてくるエドワードを国王は斜めに見やる。事の発端。元凶。リリアーヌを森にうち捨てるという失態を犯した上に、それを回収できずにむざむざと他国に奪われた息子にいら立ちが募る。

「その婚約をないがしろにした愚か者がなにを言う！」

怒号を上げたあと、じろりとエドワードをにらみつける。

「……お前がリリアーヌを奪ってこい」

「は？」

エドワードは理解が追いついていないといった、ぽかんとした顔をする。

「奪ってこいと言ったのだ！」

国王は激高して叫ぶ。

「陛下？　奪うとは、一体……？」

教皇も国王の意図がわからなかったようで、問い直す。

「奪うのは奪うのだ！　そもそもリリアーヌは我が国の聖女。エドワード！　戦じゃ！　民を集めて武器を取らせよ！　そして、帝国からリリアーヌを奪い返してくるのだ！　大聖女が、他国で覚醒するなど、ならん！」

「そんな！　無理です！　我が国は帝国に敵うほどの兵力はありません。それに私には実戦経験もありません……！」

エドワードは自分のしでかしたことによって起こったことに、頭を抱える。そして、そんなエドワードをかばうようにして教皇が国王の考えを改めさせようとする。

「国土を荒らせば、精霊の御力もこの国から離れましょう。陛下、考えをお改めください！　大聖女を失うどころか、そもそも精霊の寵愛がこの国から去ってしまいます！」

「なにを言う！　その精霊の力を行使する聖女、しかも大聖女だ！　それがいなければ同じではないか！」

「へ、陛下。まずは書簡で、彼の帝国に返還要求を出してはどうでしょう？　我が国の聖女であり王太子の婚約者であるリリアーヌを返して欲しいと」

「……まあ、それをあちらが飲むならよい」

国王をなんとか宥めることができたことに、教皇は胸を撫で下ろす。

「おい、エドワード！」

「はっ、はい……」

「そなたの選んだ娘、護りの聖女ゆえ、リリアーヌより格上だとか言っていたがどうだ⁉　あの娘、国全体に結界を張るほどの力はないそうじゃないか！」

「くっ……」

国王からの指摘に、エドワードは唇を噛みしめる。反論はできない。国王の言うとおり、イザベルにはそこまでの力はなかったのだから。

「いざとなったら、イザベルにはせめて王都だけでも護るように結界を張らせよ……。それくらいはできるだろう。そうすれば戦争になっても、帝都にだけは手が出せん」

「陛下、戦争などいけません！　領地が荒れます！」

再び戦争による略奪を口にする国王に対して、慌てて教皇が考えを改めさせようとする。

「わかっている！　先にこちらの要求を飲むよう、先方には返還要求を出す。だがな、帝都が無事ならよい！　そもそも、儂は他の土地など知らぬ。民など知らぬ！　そんなもの、各地の領主たちが守ればよかろう！」

国王はエドワードを王笏で打ち据えながら叫ぶ。

「ですが父上……」

「うるさい！　リリアーヌ奪還、できなければそなたを王太子から廃嫡する。第二王子のオーレリアンにいつでも置き換えることができるとよく覚えておくんだな！」

実の息子にすらそんな言葉を言い放った国工は、気付かなかった。『他の土地など知らぬ。民など知らぬ』と、そう言った瞬間、元々国から離れつつあった精霊たちが、一斉にアンベール王国から離れ、リリアーヌを目指して移動を始めたことに。

第六章　聖女と帝都の人々

その日は、教会での奉仕の日だった。

ちょうど訪問者の列も途切れ、ちょうど休憩時間に入る時間帯だったこともあって、休憩をもらっていたところだ。

――うーん。私の周りにいる精霊さんたちが、日々増えてきているのは気のせいかしら？

私は、廊下の窓を開け、肘を突いて思案に耽る。眺めみる先は、どこまでも澄み切った青空だ。そしてその空気に溶け込んでいる気配を感じる。

やがて思い切りがついて、それを聞いてみようと声に出した。

「ねえ、精霊のみんな」

私が呼ぶと、私が名前をつけた五人の精霊たちが集まってくる。

『どうしたの？　リリアーヌ』

現れた五人の中から、アクアが私に問いかけてくる。彼女の水色に光る水でできたドレスが翻る。

「ねえ、アクア。最近私の周りに集まる精霊さんの気配が増えてきている気がするのだけれど、気のせいかしら？」

感じとれないかと思い、目を閉じる。

――やはり、多いわよね……。

私を護り手助けしようという温かな気配を、やはり以前より多く感じた。

『気のせいなんかじゃないぞ！』

アクアに代わってすぐに返答したのはサラマンダー。

彼にそう言われて、私はパチンと目を開いた。赤い炎を纏った男の子が目の前を横切る。

『精霊はな、リリアーヌのような子が好きなんだ』

そう教えてくれるのはノール。黄色いシャツとズボンをはいて、三角帽子を被った男の子が陽気に笑う。

『リリアーヌは優しくて温かい。そして、護ってあげたくなるのよ』

ふわりと私の肩に乗ったエアルだ。彼女がふわりと抱きついてくると、私の周りの空気自体が温かなものに変わる。

「そうなの？　でも、あんまり私の周りばかりにいるんじゃ、他の人たちは大変じゃないかしら？」

嬉しいんだけれど、困ったなあと思って、私は精霊たちに向かって首を傾ける。

『うーん。私たちにも、好きな人と嫌いな人がいるし、相性っていうものもあるし……それは止められないのよね』

陽気に答えるのはアクアだ。

『でも、全部が全部移動してきているわけではないし、その土地を護る最低限の精霊はいるのよ。だから大丈夫。……ちょーっとあなたがいる国に多くなって偏るくらい？』

エアルが茶目っ気を見せながらウインクをする。

――それでいいのかしら？

そう思いつつも、エアルが言うとおり、『その土地を護る最低限の精霊がいる』のであれば、それぞれの国の国民も最低限の恩恵は受けられるはず。

ならば大丈夫に違いない。

それにしても、アクアが言う『嫌いな人がいる』ってなんだろう？

――どういうことかしら？

私はそこに少し引っかかりを覚えた私は、自然と難しい顔になっていく。

――好きな人っていうのは、私みたいよね。

周囲の精霊の気配に気を配りながら私は考える。

そうすると、私が好きなら、私を追いだしたアンベール王国が嫌いになる？

アンベール王国は、王太子が私を追いだしたわよね。でも、そのときはまだ異変はなかったように思うんだけど。

――それ以外になにかあったのかしら？

けれど、ドラゴニア帝国にいる私にはそれを知る術はない。

結局私は、精霊たちが私の周り――ドラゴニア帝国に増えつつあることを、それはそうと受けとめるしかなかったのである。

すると、教会の礼拝堂の方から女性の声が近づいてくるのが聞こえた。

「……ーヌ様――！　リリアーヌ様――！」

呼ばれているのは私のようだ。

私は窓を閉じ、声のする方に足早に向かう。さっきまで集まっていた精霊たちの気配は、人の気配を察してなのか、さっと消えていた。

そうして廊下の向かいから姿を現した声の主は、この教会でシスターを務めるキツネ獣人のアメリアだった。彼女は白いペルシャ猫――ミシェルが猫化した姿――を抱いている。

ミシェルは猫獣人なので、竜人族が竜化するように、猫化することができるのだそうだ。彼女が猫化した白いペルシャ猫は、毛が細く繊細で、ふわふわ。くったりとした柔らかな身体は抱きしめるととても愛らしく、ふわふわで気持ちがいい。

そんなキツネの耳を生やしたシスターと、彼女に抱かれたミシェルを見つけると、私はその光景に笑顔になった。

「あっ！　リリアーヌ様、ここにいらっしゃったのですね」

私を見つけだせてほっとしたように、シスターの表情が柔らかなものになる。

彼女はこの教会で私付きになって、なにくれと世話をしてくれる女性だ。そしてミシェルはというと、「城の中だけじゃ退屈」と言って、私の教会での奉仕にくっついて来るようになった。

「全く、私を放って置いてこんなところにいるなんて！」

シスターアメリアに抱かれたミシェルが、猫の口から文句を言う。

——そんなことを言っても、あなたは教会に来た子供たちが手に持った猫じゃらしに夢中になっていたんじゃなかったかしら？

だから、楽しそうなミシェルの邪魔をしないように、ひとりでそっと休憩に入ったのだ。

そんなことはお構いなしに、ミシェルは言いたいことを言うと、シスターアメリアの腕の中から飛びだしてきて、私の腕の中に飛び込んでくる。

「休憩時間の終わりより早く、癒しを求める人々が集まってきちゃって。教会の外で列を作っているわよ」

ミシェルが私の腕の中でごそごそ動いて安定する位置を決めてから、私にそう告げる。

「そうなんです。……まだ、休憩時間なのに申し訳ありませんが……」

ミシェルから解放されたシスターアメリアが恐縮した様子で頭を下げた。

「シスターアメリア、いいのよ。頭を上げて。救いを求めている人がいるなら、私は行くわ」

——そう。私を求めてくれる人がいるならば。

その人々の元へ喜んで行こう。

そう思って、ミシェルを抱いた私は、シスターアメリアと並んで礼拝堂の方へ向かうのだった。

人々の治療を受けつける礼拝堂に向かった。そして、その私の姿を認めると、教会で働くシスターや司祭たちが安堵した様子で笑顔を見せた。

「リリアーヌ様！」

「聖女様がお戻りになられたぞ！」

口々に彼らの口から喜びの声が上がる。

「リリアーヌ様。少し時間は早いのですが、礼拝堂の扉を開けて、治癒希望の者たちを受けつけてもよいでしょうか？」

シスターアメリアが私に問いかけてくる。

「ええ、勿論よ。早く苦しんでいる人たちを受け入れてあげてちょうだい」

私がそう答えると、ミシェルがするりと私の腕をすり抜けて床に着地する。

「私は、親に連れられてきた子供たちの相手をするわ。治療の手伝いなら、シスターたちがたくさんいるもんね。私は私ができることをしてくるわ」

「ありがとう、ミシェル。助かるわ」

実際に、親の治療のために、まだ年端もいかない子供たちが、家に置いておくこともできずにつれてこられることも多い。そして、子供自身の具合が悪いということも。そんな子供たちが、ぐずらないよう、猫の姿で遊ばせ宥めるのが、ミシェルは上手だった。

私は彼女の前にしゃがみ込むと、感謝の意を込めて、彼女が猫化したときに触られるのが好きな、喉を掻いてやる。喉の奥から、ぐるぐると気持ちよさそうな音が聞こえた。

しばらくそうしていると、ミシェルが「もういいわ」とばかりに、ふるふると全身を振るった。そして、私をまっすぐに見つめてくる。

「じゃあ、私は私のできることを頑張ってくるわ。リリアーヌ姉様も頑張ってね」

そう言って、ミシェルは開かれた礼拝堂の扉の方へ駆けていく。

「ミシェル様にも助けられますね。あの方がいらっしゃると、子供たちが大喜びですから」

「本当ね」

私とシスターアメリアは、ミシェルが駆けていく後ろ姿を見守るのだった。

治療を再開すると、訪問者はひっきりなしにやってきた。

「お姉ちゃん。父ちゃんの足の怪我、本当に治る?」

オオカミ獣人の男の子が、耳をしゅんと下げながら私にすがるように聞いてきた。

彼の父親は、横転した馬車に巻き込まれ、足が下敷きになって骨折したのだそうだ。

父親は、即席で作ったと思われる簡素な松葉杖をついて、その子供を付き添いにやってきた。

母親は母親で仕事を持っていて、付き添いには来られなかったらしい。

「こら。お姉ちゃんじゃない。リリアーヌ様、だろう？　皇太子殿下の婚約者様なんだぞ！」

「だって、お姉ちゃんはお姉ちゃんだろ？」

父親に頭をぐしゃぐしゃとされながら、少年は口を尖らせた。微笑ましい、親子の会話だ。

「呼び方は気にしませんので、お気になさらず」

「しつけがなっていなくてすみません」

「いえいえ、大丈夫ですよ」

私は親子のやりとりに、自然と口角が上がる。

「じゃあ、見せてもらいますね」

そして、その父親の治療を始めたのだった。私は彼の怪我の箇所を確認し、申告どおり左の足が骨折しているのを確認する。

「では、治療しますね。――彼の者を癒せ《ヒール》」

すると、骨折してぐにゃりとしていた父親の足が光に包まれ、次第にあるべき位置で固定されていく。

「……俺の足が、あっという間に治っていく……！」

父親はその光景に驚いた様子で、目を見開いて治っていく様子を見届ける。

「父ちゃん、痛くない？」

足の様子を見ながら、心配そうに彼の息子が父親の腕にしがみついた。

「ああ、大丈夫だ。……だんだん痛みも引いてきた……！」

治療は順調なようだ。

そうして、だんだんと彼の足を包む光が収まっていった。精霊たちの力が彼の周囲から離れていく。それは、治療終了ということだろう。

「足の具合はどうですか？」

私が尋ねると、男性が立ち上がろうとする。すかさず、付き添いで側にいたシスターアメリアが手を差し伸べる。そして、男性は彼女の手を借りて立ち上がる。そして、そろそろと様子を見ながらシスターアメリアが支えていた手を離していった。

彼は、自分の両足でしっかりと床を踏みしめ、直立できていた。

「……立てた！　自分の足で立てたぞ！」

男性が礼拝堂内に響き渡るような声量で、喜びの声を上げる。すると、「おお！」「おめでとう！」「聖女様万歳！」などと、周囲からも歓声が上がった。

「治ったようでよかったわ。……今後もあなた方に精霊のご加護がありますように」

そう言って祝福すると、ガバッと親子が頭を下げた。

「聖女様！　ありがとうございました」

「ありがとうございます！」

私はにっこりと笑って頷いて、その感謝の言葉を受けとめる。

「いいえ、無事治られたようで安心しました」

「では、リリアーヌ様は次の治療がありますから……」

感謝の言葉が尽きないと、その場にとどまってしまう父子を、シスターアメリアが誘導する。

「あっ、そうですね。聖女様はみんなの聖女様でしたね！」

後ろを振り返り、私の治癒を待つ人々の行列を見て、恐縮したように父親が慌てて私に向かって頭を下げる。

「お大事になさってくださいね」

私は、去ろうとする彼にいたわりの言葉をかけた。

名残惜しそうにしながらも彼は、シスターアメリアによってお布施を受けつける別のシスターの元へ誘導されていく。

それを見届けてから、私は次に並んで待っていた女児連れの女性に声をかけた。

「次の方、どうぞ」

その声に、女性がはっと顔を上げる。

「聖女様……この子が、昨夜から熱が下がらなくて、下痢も治まらないんです……」

子供を抱きしめると、彼女はそう訴えた。

「それは心配ですね……」

そう受け答えしながら、私は今日治癒した人々のことを脳裏で思いだす。

――ちょっと発熱と下痢の症状を訴える人がいつもより多いわね……。しかもみんな訴える症状が似ているわ。もしかして流行《はや》り病？

そう気にかかったものの、まずは目の前の患者を治すのが優先だろう。流行の兆候については、あとでシスターアメリアに話してみよう。

私はそう思い直して熱を出しているという女児の治療にあたるのだった。


「――というわけで、どうも今日は発熱と下痢の症状を訴える方が多かった気がするんです」

その日の夕方になって、一日の奉仕を終えてから、私はシスターアメリアに相談を持ちかけた。

「ああ、お気付きでしたか？」

「シスターも気がついていたの？」

「ええ……」

神妙な顔つきで、シスターアメリアが頷いた。そして、彼女が、治癒を求めてきた患者の記録簿をめくった。

「ここ一週間くらいなので、まだ流行り病とは断定はできないのですが、毎日同じような症状を訴える方がいらっしゃいますし、なにより徐々に人数が増えてきているようで気がかりなんです」

そう言ってシスターアメリアは顔を曇らせた。

私が教会に奉仕に出てきているのは毎日ではなく、隔日で週に三日だけだ。私は、アンベール王国での王妃教育は済ませている。

けれど、このドラゴニア帝国の内情についての知識は不足していると言わざるを得ず、そのことを知るための勉強は必要で、合間の日をその勉強にあてている。

彼女の話だと私が来られないその間にも、シスターアメリアが気にかけるほどには患者が来ていることになる。

「うーん。どうしようかしら……」

「どうしようか、と言いますと？」

私が思案しつつ呟くと、シスターアメリアがなにを悩んでいるのだろうといった様子で首を傾げながら問いかけてくる。

「今の私には宮廷での勉強も必要だし、でも今は病気にかかる人たちが増えている時期だから、こちらへ訪問する回数を増やした方がよい気もするし……」

今の私にはどちらもやるべきことだ。だからこそどちらも捨てることができず、悩ましい。

「お立場がありますものね……」

皇太子の婚約者としての私の立場を慮ってのことなのだろう。シスターアメリアも悩ましげな顔をする。

「そんなの、あとにできるものは後回しでいいじゃない！」

いつの間にか、人型のミシェルが扉の前に立っていて、そう言い放った。

「……後回しにできるもの？」

「そうよ！　今すぐ皇妃になるってわけじゃないんだから、そっちはあとに回せるでしょう？」

そう言って、ミシェルは悩んでいる私の背中を押してくれる。

「……そうね。人々の健康のことがかかっているんだもの。優先はこっちよね」

そう言って私が頷く。そして、ミシェルとシスターアメリアの顔を見ると、彼女たちも力強く頷き返してくれた。

「あなたがもっと頻繁にこっちに来られるように、私も説得に協力するわ」

と言うのはミシェル。

「教会内の調整は任せてください！」

と請け負ってくれたのはシスターアメリアだ。

「ありがとう！　ふたり共！」

私たちは三人で固く握手する。そして、それぞれが各所にもっと私が教会に出られるよう調整したのだった。

「……減らないわね……」

そうして、各所に調整して、私は週一日休みで毎日教会に出られるようになった。けれど、教会を訪れる人々の数は減る様子を見せなかった。むしろ、徐々に増えてきているのである。

「リリアーヌ様。今日も相当の人数を回復されていますし、まだまだ列になっていますが、魔力、大丈夫ですか？」

私付きで補助をしてくれているシスターアメリアが、心配そうに私の顔色をうかがう。

「大丈夫よ、これくらい。私の魔力量は底抜けに多いから」

心配そうなシスターアメリアを安心させようと、私は努めて明るい笑顔で答えた。

実際私の魔力量は底抜けで、日々対応し切れているし、今日も大丈夫だと思う。

だけど……。

——毎日毎日キリがないのよね。根本的にこの問題を解決する方法はないのかしら？

そんなことを考えながら、一週間、ひたすらその病の治療に専念するのだった。


「これじゃあ、キリがないわ！」

子供たちの宥め役で一緒に来てくれるのが慣例になってしまったミシェルが、その日の治療受付を終えてから、大きな声で叫んだ。

「そうなんですよね……。中には治療に来るのが遅れて、自宅で亡くなる方も出てきているそうで、教会でひとりひとり治療しても、追いついていないというか……」

シスターアメリアも、憂いで顔を曇らせる。

教会は、治療に料金を設定してはいない。心付け、お布施という、身分に見合った料金を受けとるだけだ。それに、本当に困窮している人々には、後払いも受けつけている。

それでも、特に今お布施をできない人々を中心に、遠慮をして来られない人、そもそも、そんなシステムを知らないといった理由で教会に来ない人がいるらしい。そんな人々の中から、死者が出始めているらしいのだ。

「問題よね……。それに、分け隔てなくみんなを救ってあげたいわ」

私が呟くと、ミシェルもシスターアメリアも頷いて、私の意見に同意を示してくれた。

「この病気が流行っているのは、帝都だけなの？」

私はシスターアメリアに聞いてみた。

「私ではわかりません。他の教区のことまでは把握しておりませんので……。ですが、帝都に限って言えば、最初は帝都の貧民層から、そして今では貴族街に住む者も治療に来訪するようになってきています……」

シスターアメリアが申し訳なさそうに首を横に振ってから、状況を教えてくれた。

「うーん。帝都以外についてだったらむしろ、国を統括している国王陛下や、テオドール殿下やアンリに聞いた方が早いんじゃないの？」

ミシェルの言葉にはっとさせられた。

「そうね！　帰って、まずは殿下方に尋ねましょう！」

そうして、私とミシェルはいったん城に帰ることにしたのだった。

「え？　流行り病の流行範囲だって？」

次の日、私は朝一番でテオドールの執務室を尋ねた。そして、開口一番、彼に懸念していたことを尋ねたのだった。

「そうなの。帝都で流行り病らしきものが疑われているんだけど、その傾向って他の地域でも発見されているのかなって」

私が尋ねると、テオドールが机の上に載った書類から、幾つかをパラパラとめくって、該当のものを探してくれる。

「あった……」

「どう？」

一束の書類を探し当てたテオドールが、それを手に取って中を丁寧に確認していく。

「今のところ、帝都のみ、だね。ただ、貧民街から始まった流行が拡大して、今では貴族街に住む貴族にまで流行が広がってきているらしい」

「教会で聞いた話と一致するわ……」

私はテオドールからの回答を得て、情報を確かなものにした。

「じゃあ、ひとまずは帝都の人々を癒せばいいのね」

「ああ。でも、それは確か今、君がほぼ毎日教会に通って治療しているんだよね？」

テオドールの問いに、私は頷いて答える。

「うん、そう。でも、教会にも限度があって。教会に来てくれた人を順に治していっているんだけれど、それじゃあ間に合っていないみたいなのよね……」

私は、顎に手を添えて、うーんと唸《うな》る。

――私はどうしたらいいんだろう。

「感染経路は不明なんだが、仮に人から人へ感染しているのだったら、ひとりひとり治療していても間に合わないかも知れない」

「……それはどういうこと？」

「まだ症状が軽微な者や、症状が出ていない者は教会には来ないだろう？」

「それは、そうね……」

「そういう潜在患者が、治療している傍ら街で感染を広げていたら……」

「……教会で待っているだけじゃ、間に合わないのね」

「そういうことだ」

ようやく合点がいった私と、テオドールが見つめあって頷きあう。

「帝都の薬師や錬金術師を総動員して、大量のポーションを生産させる。それを、症状あるなしにかかわらず、帝都民に一斉に飲ませる、か……？」

テオドールが対策を考え始め、それをそのまま口にした。

「ねえ、にわか知識なんだけれど……」

テオドールが考えだした横から、少々恐縮しながら私は口を挟む。

「なんだい？　リリアーヌ」

テオドールは思考を遮られたことを気にするでもなく、私の言葉を待つ態勢になってくれた。

「確か、帝国は貴族は家ごとに家系図があるから把握ができるとして……平民にはそういった、どの家に何人の住民がいるのかをまとめたものはないのよね？　そうすると、どこに何人分必要なのか、配布は十分なのか、把握するのが難しいんじゃないかしら？」

すると、「ああ」とはっとさせられた様子で呟いて、テオドールが頷いた。

「確かに、平民から特に貧民は厳しいな。各家庭に何人住んでいるか、確かに把握できていない。十分行き渡るかどうかもそうだし、現状の不安から、余分に確保しようとして必要数を虚偽報告する可能性もあるな……」

テオドールはそう言いながら、悩ましげな表情をする。

「テオドール……」

私は、悩む彼の腕に手を添えて寄り添う。

──私にできることはないのかしら？

そういえば私は治癒の魔法を使っているわよね。それを広範囲にかける──つまり、対象を帝都民一斉にかけるっていうのはできないかしら？

もしそれができるのであれば、『全員に』『一度に』『抜けもれなく』対処できるわよね？

私は、前にオーガの群れが帝都にやってきたときに、『護り』の魔法を範囲指定でかけることができたんだもの。理屈的には、『癒し』の魔法だってできてもおかしくはないわよね？

「私調べてくるわ！」

「リリアーヌ？　突然なにを言いだすんだい？」

身を翻して、扉の方へ向かおうとする私に、テオドールが問いかける。

「私、過去に一度だけ広範囲に治癒の魔法をかけたことがあるの。そのときは無意識に発動したんだけれど……。だから、聖女の魔法で一度に広範囲を癒せるはずだから、魔法書を確認しに行くわ！　待っていて！」

そうして私はテオドールの執務室をあとにした。


私は急ぎ足で自室に向かった。そして、私の部屋につくと、勢いよく扉を開けた。

「あら？　リリアーヌ様。お早いお戻りで……？」

マリアは、私が不在の間、部屋の清掃をしてくれていたらしい。そんな彼女がちょうど部屋にいて、急いで帰ってきた私を見て、不思議そうな顔をする。

「ええ。テオドールと話していて、聖女の魔法書を調べたくなったのよ……！」

私は、気忙《きぜわ》しく思いながら目当ての本をしまった書棚の方へ足早に移動する。そして、本の列の間から、その本を取りだした。

「あったわ、これよ……！」

私はそれを手に持って、いそいそとテーブルへと向かう。

「癒しの魔法を、広範囲で……」

私は、パラパラと魔法書のページをめくっていく。けれど、なかなか目当ての記述が見当たらなくてもどかしい。

「一度できたのだから、できるはずなのよ……」

子供の頃の私は、無意識に王都中に治癒の雨を降らせることができたのだ。帝都中なんて広い範囲ではなかったけれど、理論的には範囲を広げればできるはず……。

そして、私は忙しなくページをめくる手を止めた。

「……あった！」

私が大きな声で叫ぶと、驚いた様子でマリアもこちらへやってくる。

「なにか……お探しで？」

覗いてよいものか、といった様子でマリアが私に声をかけてきた。

「ええ、そうなの。最近、帝都で流行り病が広がっているのは知っている？」

「はい。その対処のために、最近リリアーヌ様は教会に足繁《しげ》く通われていらっしゃるんですよね？」

マリアの回答に、私はうん、と首を縦に振って頷く。

「そうなのよ。実は、テオドールとそのことで相談したんだけれど、ポーションを帝都民全員に配布して、一気に治そうかって話になったんだけれど……」

「でも、我が国には他国でいうような戸籍……そういったものはありませんよね。平民は、ひとつ屋根の下に何人が住んでいるかを把握できているとは言いがたいです……」

「そう！　問題点はそこなのよ！」

私は、マリアの機転のよさに私はさらに気をよくして話を続けた。

「そうすると、『全員に』『一度に』『抜けもれなく』配布できるかはわからない、っていう問題がはだかるのよ！」

「確かに……」

私の言葉に頷くマリア。彼女は事態を憂えているのか、神妙な面持ちをしている。

「そこでね、私の治癒の魔法を広範囲でかけたらどうかって思ったのよ！」

「治癒の魔法を……広範囲で!?」

マリアが驚いた様子を見せる。そして、さらに言葉を続ける。

「広範囲でって、どの範囲に……ってまさか！」

はっと気がついたように、マリアが大きく目を見開く。

「そのまさかよ！　帝都中に行き渡るように、広範囲に一気に魔法をかけるの！　そして、その方法がこの本に書かれていたのよ！」

私は嬉々《きき》としてその該当のページを開いてみせる。とはいっても、この本は聖女たちが聖女になったときに最初に学ぶ、特殊な言葉で書かれているので、マリアには詳細は理解できないのだろうけれど。

「私には読めませんが……でも、もしそれが帝都の問題を解決する糸口であるなら、早く、テオドール殿下に教えて差し上げた方がよいのでは？」

その言葉で、私は、テオドールの執務室を飛びだしてきたことを思いだした。

「そうね！　テオドールに、方法が見つかったことと、今後の相談をしてくるわ！」

「それがよいと思います！」

私はしおりを挟んでから本を閉じ、しっかりと腕で抱きしめると、身を翻して部屋をあとにするのだった。

そして、走っていく途中、ふと、帝都中に治癒を施すなんていう高位魔法が私に使えるのかしら？と不意に疑問が湧いて、足が止まった。

——精霊たちに聞いてみようかしら？

「水の精霊アクア、光の精霊ルーミエ！　出てきてちょうだい」

治癒魔法に協力してくれる二種類の精霊の中で、友達であるふたりを呼ぶ。

『呼んだ？』

『呼びましたか？』

ふたりが私の前に現れて、ふわふわと宙を舞う。

「あのね、教えて欲しいことがあるのよ」

『なにかしら？』

アクアとルーミエが首を傾げている間に、私はしおりを挟んだ該当のページを開いた。

「ここに書かれている、治癒の広範囲魔法を使いたいの。範囲はこの帝都くらい。この魔法、私に使えるかしら？」

ふたりに尋ねると、彼女たちは互いに顔を見合わせてしゃべりだす。

『水の精霊と光の精霊からの寵愛度は十分よね』

「そうね」

『魔法威力と魔力量は……はっきり言って、リリアーヌは無尽蔵だものね』

アクアがそう言うと、ルーミエがクスクスと笑いながら頷く。

『生まれたときから愛されすぎちゃっていて、精霊から魔力をどんどんプレゼントされちゃったものね』

――え？　私の魔法威力や魔力量が多いのってそういう理由……っていうか、無尽蔵ってなに⁉

『そういうわけで、それくらいの範囲なら十分だと思うわ。なんだったら、ここの帝国全体にかけても大丈夫かも？』

いたずらっぽく笑って言うアクアと、それに対して笑いながら頷くルーミエを前に思わず私は頭を抱えてしまう。

――でも、今はそこを悩んでいる場合じゃないわよね。

帝都のみんなを助けられる力がある。それを喜ばないと。

「ありがとう、ふたり共。あとで、魔法を使うときによろしくね！」

私は本を閉じてから胸に抱き、両手を合わせてお願いする。

『了解！』

『他の精霊たちにも声をかけておくね』

ふたりの精霊たちは、そう言うと姿を消したのだった。

私は再びテオドールの執務室目指して走りだした。

「テオドール！　見つかったわ！」

ノックをして、返事も待たずに執務室に入ると、開口一番私は彼に告げた。なにも考えずに飛び込んだ部屋だったけれど、幸い部屋には彼ひとりしかいなかった。

「そうか！　よく見つけてくれた！」

この難局の打開策が見つかって、テオドールの表情も明るくなる。そして、部屋に飛び込んできた私を抱きしめてくれた。

そして、私の額に温かく柔らかいものが触れる。彼の唇だ。その温もりに嬉しくなった私は、そんな彼の頬にキスをして返した。

そうしてから、私たちはお互いに抱擁を解き、執務室に備えつけられたソファへと向かう。

そして、隣合って腰を下ろした。

私は、机の上に持ってきた魔法書を置き、しおりを挟んでおいた該当のページを開いてみせた。

「この範囲魔法は、術者——つまり私を中心として円形に展開されるの」

図解で、術者と効果範囲の展開の仕方を示した部分をテオドールに指し示す。

「なるほど……となると、この帝都は帝都の教会を中心として円形に築かれている。ならば、もっとも効率よく帝都に行き渡るように魔法を展開するなら、その教会で行うのが一番だと思う」

「そうなのね。だったら、教会で範囲治癒魔法をかけられるようお願いしないと……！」

「だったら、父上にこの話をしたあと、教会に調整しておくよ」

「ありがとう！　テオドール」

私は思わずテオドールに抱きついた。そんな私を優しく彼は受けとめてくれた。

「いやいや。感謝するのはこちらだよ、リリアーヌ」

「どうして？」

「だって、ここは獣人の国ドラゴニア帝国だ。君はまだ俺がこの国に招いた人間で、客人だ。それなのに、こんなにここの帝都の獣人の民たちに親身になって……」

そう言いかけたテオドールの言葉を止めるように、私はそっと指先で彼の唇に触れる。

「そういうこと言わないで、テオドール」

「？」

テオドールはなぜ言葉を制されたのかわからない様子で、されるままに、首を捻ってみせた。

「客人とか、人間とか、獣人とか。……私は、この国の教会で奉仕することで、たくさんの帝都の民と触れあったわ。そこには、人間とか獣人なんて差はなかったもの」

「うん、そうだね……」

はっと気がついたように、彼は済まなそうに眉尻を下げる。そんな彼に私は「大丈夫」という気持ちを込めて、にっこり笑ってみせた。

そして、彼の唇に添えている指先を離して、私は言葉を続けた。

「それにね。洪水の件を未然に防げたおかげで、エモニエ公爵という立派な方に後ろ盾になっていただけて、貴族たちからも確かな信頼を得られているの」

「……そうだね」

私の言葉を聞いて、だんだんとテオドールの表情が柔らかなものに変わっていく。

「私はこの国が好きだわ。……前の国では、爵位を剥奪《はくだつ》されて平民になったせいもあって、ないがしろにされることが多かったけれど、この国は平等だもの。能力があれば、認めてくれる。親しくなりたいと思えば、その思いを返してくれる人たちばかりだわ。そんなこの国の人が好きなの……私は、私を受け入れてくれたこの国が好きよ」

「リリアーヌ。……ありがとう」

「……勿論、あなたが一番好きよ」

その最後の言葉を口にするのは気恥ずかしくて、ちら、と彼をうかがい見てしまう。

「リリアーヌ。俺も君が大好きだ。誰よりも、なによりも。……世界で一番君を愛おしいと思っている。君は俺の唯一だ」

「テオドール……」

私たちは互いにじっと見つめあう。彼の深い湖水のようなブルーの瞳に、私ひとりが映っている。きっと彼の目には、私の瞳に彼ひとりが映っているのが見えているだろう。

そうしていると、テオドールの両手が私の頬にふわりと添えられる。

「リリアーヌ……」

「……テオドール」

互いの名を呼びあいながら、ごく自然と私たちの唇が近づいていく。顔が近づくにつれ、うっすらと瞳を閉じ、ちょうど瞳を閉じ終えたところで唇に温かさと柔らかさを感じる。

私はテオドールの背に腕を回して、彼に身体を預ける。

角度を変えて、何回も角度を変えて、柔らかく唇を押しつけられる。と思ったら、テオドールは、ちゅ、ちゅ、ちゅとリップ音を立てて、私の額、鼻先、頬、まぶたといった、顔中のありとあらゆるところにキスをし始めた。

「ちょっと、ちょっと、テオドール。それはくすぐったいわ」

私は瞳を開いて笑って、身を捩《よじ》って逃れようとする。けれど、彼のたくましい腕に捕らわれている私に、逃げる術はない。

「……だって、君のどこもかしこも愛おしすぎて。どう表現したらいいかわからなくなった」

そうして、テオドールが私の耳に口づけをした。その瞬間、ちょうど彼の息が耳朶をくすぐり、私は大きく身を捩って抵抗する。

私は耳への刺激で頬や耳朶まで熱を帯びてしまうし、思わず、涙が緩んで視界が滲んでしまう。

「ちょっと待って、そこは反則よ。くすぐったすぎるわ」

そう言って、私はテオドールの背に回していた手を解き、彼の胸に当てて押し返して抵抗する。勿論、彼との体力差で彼の身体はびくともせず、わずかな抵抗にすらならなかったけれど。

けれど、私の顔を見た彼の反応は私の思ったものとは違った。

「ああ、その顔反則だ……」

彼は、私の肩に顔を埋《うず》めてしまう。

「……テオ、ドール？」

「その君の、恥じらって色づいた花のような肌と、潤んだ瞳。まるで誘われているようで、俺には刺激が強い……」

――えっ！　私そんな顔していたの⁉

よくよく耳をそば立ててみれば、ドキドキと高鳴るテオドールの心臓の鼓動が聞こえる。彼の胸の音と言葉に応えるかのように、私も恥ずかしくなってきて、互いの心音が重なって聞こえた。

「安心して、リリアーヌ」

「え？」

「結婚するまでは、君に不埓《ふらち》なことはしない……したくても、我慢するよ」

私の肩から顔を上げたテオドールが、いたずらっぽく笑ってウインクしてみせた。でも問題はそこじゃない。彼が発した言葉だ。

「不埓って、なに⁉」

私は思わずうわずった声で彼に尋ねてしまう。

「うーん。そうだなあ……」

おそらく真っ赤になって慌てる私の様子を、クスクスと笑って眺めながら、彼はどう答えようか思案している。

そしてしばらく間が開いたのち、彼が私の耳元に顔を寄せて囁いた。

「……秘密」

そう囁いたあと、テオドールが私の耳朶を甘く食んだ。

「ひゃぁっ！」

私は思わず反射的に耳を隠して、あとずさった。

「ごめん、ごめん。もうしないよ。警戒しないで？」

テオドールの顔からいたずらな色が消え、穏やかで優しい表情に戻る。それを見て、私も警戒心を解いて、あとずさった一歩分の距離を前に踏みだして戻した。

「……ちょっとじゃれあいすぎたね」

「今日のテオドールってば、意地悪だわ」

私は、軽く唇を尖らせて抗議する。

「俺にもそういう顔があるってこと。……俺も男だからね。好きな女性を前にしたら、そういう一面も出る」

その言葉に、私は先ほどまでの一連のことを思いだして、また頬が熱を持つのを、両手で覆い隠す。

「さて、そもそもの本題は、帝都の流感の問題だったね」

「……そ、そうね」

話題が変換したので、私はふう、と深呼吸をして胸を落ちつかせ、火照った顔の熱を逃がす。

「これから、父上に話をしてくる。そのあとで教会に急ぎで書簡を出すから、早くて明日かあさってには教会で君の魔法を行使できると思うよ。しばらく待っていて」

「わかったわ」

広範囲に魔法を使うには、魔力を膨大に消費する。毎日寝れば回復するとしても、魔力を温存しておくことは大切だ。

私はあとの調整をテオドールに任せて、許しが出るまで部屋で休んで待つことにしたのだった。


許しが出たのは翌日で、魔法を施すのはその翌日に決まった。

その当日、私はテオドールと共に、帝都の中央にそびえ立つ、いつもの教会へと馬車で向かうことになった。

そして、私たちはまっすぐ礼拝堂に入った。教会の中は、治療を求める帝都の人々で溢れ返っていた。

「ようこそ。テオドール殿下にリリアーヌ様！　なんでも、リリアーヌ様のお力で、帝都全体にはびこった流感を癒すことができるとか！」

するると、事前に連絡していたからだろうか。今日は教皇猊下がいらっしゃったようで、直々に出迎えてくれた。その彼の瞳は期待に満ち溢れている。その言葉を聞いて、治療を求めに来た人々から、わっと歓声が上がる。

「はい！　聖女の魔法書で、該当の魔法があることを見つけましたので！」

「ですが、そんな高位魔法、行使可能なのですか？」

それはテオドールに報告する前に精霊たちに聞いてある。

教皇猊下が心配するとおり、本に載っているから誰でもできるというわけではない。ただ、私の場合、精霊たち曰《いわ》く、精霊からの愛され具合、魔法威力や魔力量が十分らしいので、行使可能なんだそうだ。そして、アンベールを出た今はもう、私が高位魔法を使うことを戒める理由もない。

やってみたことはないけれど、おそらく成功するだろう。なにせ、そもそも魔法を行使するのに力を貸してくれる精霊自体が『できる』と言うのだから。

「私自身、まだ使ったことはありません。ですが、精霊たちが『私にはできる』と言っていましたので……」

「規格外なお力をお持ちだとは聞いていましたが、そこまでとは……」

教皇猊下は驚いた様子でため息をつく。

「凄い、凄いとは思っていたけれど、君がそこまで精霊に寵愛を受けているなんて、驚きだよ」

テオドールも、驚きで目を丸くしている。

——うーん。寵愛……というよりも、仲良し、といったほうがしっくりくるんだけど。

なんて思ったけれど、そんなことを言ったら、それはそれでまた驚かせてしまいそうなので、私はそこまでで黙っていることにした。

「さて、精霊様のお墨付きもあるということですから……先を急ぎましょう。事態は急を要します。是非とも、リリアーヌ様の御業で解決していただきたい」

「わかりました。それでは礼拝堂の教壇をお借りします」

私は、カツカツと靴音を響かせながら礼拝堂の奥へ進み、上座にある教壇に向かう。そして、たどりつくと、教壇の前に立ち、魔法書の該当のページを開いた。

私は、すう、と深呼吸する。

そして、そのページにしるされた、精霊たちにこいねがう、祈りの言葉を口にする。

「水と光の力よ。我らに癒しを与えしものよ。我に力を与えたまえ」

私がその言葉を口にすると、ぽうっとふたつの光が点る。

『待っていたわ、リリアーヌ』

水色のドレスを纏う水の精霊アクアと。

『みんなを呼んであげるわ！』

白色に輝く光の精霊ルーミエだ。

そして、ルーミエが宣言すると、数え切れないほどの水色の光と白色の光で溢れ、私を包み込む大きな光となっていく。

「おお……」

「これは凄い……」

教皇猊下もテオドールも。そして、外野で見守る教会の司祭やシスターや帝都の民たちが驚嘆の声を上げる。

「リリアーヌ、これで十分よ！　魔法を唱えて！」

アクアが私にウインクする。

「アクア、ルーミエ。ありがとう。いくわ！　……人々を癒したまえ《エリアヒール》！」

その言葉をきっかけにして、私を包んでいた光が私を中心にして、素早く周囲に広がっていく。その光は教会の壁をすり抜け、帝都全体に広がっていき、消えていった。

「ああ、私の息子の熱が引いていく！」

「俺の身体のだるさもなくなった！」

「お母さん！　私動けるわ！」

病を抱えてやってきていた帝都の民が喜びの声を上げる。

「聖女様だ！」

「癒しの大聖女様だ！」

教会が感嘆の声に沸いた。

「リリアーヌ！　よくやってくれた！　あらためて君の凄さを実感しているよ。……愛しているよ、私の最愛」

テオドールが腕を広げて私を大きな腕で抱きしめてくれる。頬を撫で、愛おしそうに目を細めて私を見つめてくる。

――みんなが喜んでくれるのが嬉しい。みんなよくなったようでよかった。

そう思っていると、不意に私の横が騒がしくなる。

「帝都を回って、今のリリアーヌの魔法の効果を確認してこい！」

テオドールが、護衛についてきていた兵士たちに命じたのだ。

「ははっ！」

彼らは足早に礼拝堂をあとにして、調査に出かけていった。

「テオドール……」

私は彼の腕の中で軽いめまいを感じて、頭がふらっとした。

「大丈夫か？　大きな魔法を使ったから魔力を消耗して疲れたんだろう。今日はもう城に帰って休むといい」

そう宣言すると、私の背と膝に手を添えて、軽々と私を抱き上げた。

「テ、テオドール……！　人前……！」

大衆の面前で抱きしめられたあとなので今更かも知れないけれど、抱擁と抱き上げではレベルが違う。私は羞恥で頬が熱を持つのを感じる。

「君はもうゆっくり休んで。馬車まで運ぶ。……よいですよね、教皇」

私を抱き上げながら、テオドールが教皇猊下に尋ねかける。

「勿論です。殿下の調査の結果がわかるまでは、お体をいたわってください」

そうして私は強制的にテオドールに馬車に乗せられて。なぜか馬車の中でも彼の膝の上に座らされたままで、教会をあとにしたのだった。

そして、その日の夕方には大方の帝都の調査が済んだらしく、私のかけた魔法で帝都中の民が治った、という知らせを受けたのだった。


——ところが、だ。

「え？　またあの病が流行りだしているの？」

例の流行り病の流行を抑えて一ヶ月ほど。私はいつものとおり教会に奉仕に来て、真っ先にシスターアメリアに報告を受けて驚かされた。

「……確かに範囲魔法で帝都の民全員を治しきったわ。なのに、どうして……」

私は自分の顔が曇っていくのを感じた。

もしかして。

——人を癒すだけじゃダメ？

「うーん、アメリア。病って、人を治すだけじゃダメなのかしら？」

私はシスターアメリアに問いかける。すると、彼女は思案したのちに唇を開いた。

「そうですね……。帝都の中だけで、人から人に感染しただけのものであれば、この間のように全ての人の病を一気に治すことで対処可能なのでしょうが……」

そう話を途中で区切って口を止める。

「……でしょうが？　他にもなにかあるってこと？」

私は、首を傾げてしまったシスターアメリアに言葉の先を促す。

「例えば、帝都の外の人々にも感染が広がっていたら……」

「人の行き来で内外での病原菌のやりとりがされてしまう？」

「そうです。例えば行商人などは、帝都を含めて多くの街々に通いますから、彼らが運んだと考えることもできます」

「他にはまだあるの？」

まだあるのか、と思いながらも、私は彼女に言葉の先を勧めた。

「いいえ。私にはそこまでしか思いつきません……。もっと知見のある方でしたら、色々お詳しいのでしょうが……」

シスターアメリアが申し訳なさそうに頭を下げた。

「アメリア。頭を下げる必要はないわ。ありがとう。……このことは殿下にも相談してみる必要がありそうね」

「そうですね。そうしていただけますと助かります」

再び感染症が広がってきていたことを今までひとりで抱え込んできたのだろう。ほっとした表情でシスターアメリアが笑顔を見せた。

「私が殿下に相談してみるわ。それまであなたは、治療の必要な人たちをポーションで癒してあげていてちょうだい」

「はい！　承知しました！」

そうして、私は事の次第をテオドールに相談するために、早々に城に戻ったのだった。


「え？　あの感染症がまた広がっているだって？」

私は城に帰ってすぐにテオドールの執務室に駆け込んだ。そして、開口一番にそのことを報告したのだった。

「そうなの。シスターアメリアの話だと、何人か患者が教会に訪れてきているらしいわ」

「……困ったね」

「そうなのよ」

私たちは困惑した顔で顔を見合わせる。

「……シスターアメリアは、帝都の外にすでに感染源が漏れていたら、あり得なくもないと言っていたわ」

「うーん……。それは少し考えづらいかな……」

私の報告に、テオドールが顎に手を添えて唸った。

「……そうなの？」

私は首を傾げて尋ね返す。

「ああ、そうだ。君に範囲魔法をかけてもらう前に、感染者が帝都の外に出ることを禁じていた。それに、帝都以外の街には似たような病を訴える者はいないことを確認済みだったんだ」

「……そうなのね」

手詰まり感に、困ったなと思いながら、すがるようにテオドールを見る。すると、彼が思いだしたかのようにポンと手を打った。

「そうだ。宮廷医に感染症に詳しい者がいる。彼を呼んで意見を聞いてみよう」

そうして、彼の指示で従者がその医師を呼びに行かされたのだった。

「……感染の再流行についてでしたね」

銀縁の丸眼鏡に真っ白な髪と髭を蓄えた、いかにも年季の入った医師が呼びだされた。

「なにか考えられる可能性はないでしょうか？」

私は一刻も早くこの事態を解消したくて、彼にすがるように言葉を促した。

「はい。そのことについて、前回の流行が収束したあと、私の方にも再び流行していることが耳に入ってきておりまして。ちょうど私の方でも原因を調べていたところなのです」

その言葉を聞いて、光明が見えたように心に希望が灯《とも》る。

「それで……なにが原因なのですか？」

私は前のめり気味になりながら医師に尋ねる。

「……そうですね……」

口を開く医師の唇を凝視して、固唾を飲み込む。

「感染源が人ではなく、他にあったようなのです」

「……他にあった……？」

私は、大きく目を見開く。そんなこと思いもよらなかったからだ。

「例えば他国の例だと、ネズミや家畜などの動物が媒介している場合とか。そうですね……、それに水が汚染されているといった例もあります。それだと、いくらリリアーヌ様が魔法で癒してもキリがないのかも知れません」

「そんな……」

それを聞いて、私とテオドールと顔を見合わせた。

「その場合、どのように対処するのだ」

うろたえる私に代わって、テオドールが医師に尋ねた。

「そうですね……。汚染源を徹底的に排除します。家畜が原因と限定できるなら、その対象の家畜を殺処分します」

「そんな……！」

殺処分という言葉を聞いて私は顔を曇らせた。人を救うためとはいえ、罪もない家畜。そもそも食べられるために育てられているとはいえ、無為に殺されるのは心苦しかった。

「あとは、水が汚染源の場合、そして家畜の場合もですが、水属性の浄化魔法で清浄化……原因を排除します。そのあと、罹患《りかん》者を治癒魔法で治癒する。これだと、二段階の手順、そして二種類の魔法を要しますが、理論的には可能かと……。そうすれば、水が理由であれ、家畜などが原因であれ、病原体を浄化してしまうことで根本対処が可能です」

「病への直接の対応だけではなく、根本対処が必要なのね……」

私の処置は根本対処ではなく、その場しのぎだったことを初めて知った。

「じゃあ、浄化魔法を広範囲に発動できる人を探せば……！」

私は、やっと問題が解決したような気がして、前のめりになる。しかし、そんな私に医師は首を振ってみせた。

「ただ、そこが問題なのです。治癒の魔法を行使できるリリアーヌ様はともかく、根本対処である浄化の魔法を広範囲にやれる方はこの国にいるかどうか……。多くの魔法使いを有する人間の国と違い、この獣人の国では、魔法に優れた者はほんのひと握りなのですよ」

そう言って、医師は私たちの顔を見比べる。

「……テオドール。私は聖女の魔法は使えても、水魔法の能力はないの。……私ではできないわ」

私は申し訳なさに顔を下に向けながら首を横に振った。

「リリアーヌ。そんな顔をするな」

そんな私の顎にそっと手を添えて、私の顔を持ち上げる。そして、頬に手を添えて、慰めるようにその頬を優しくさすってくれた。

「リリアーヌ。俺は水魔法なら使える。そして、浄化の魔法であれば水魔法の範疇《はんちゅう》だよ」

その言葉を聞いて、私は目をしばたたかせる。

「剣の腕が素晴らしくて、竜にもなれて、その上魔法まで使えるの？」

私は驚いてテオドールに尋ねた。

「ああ、俺は氷竜になれるから、氷や水に関する魔法は使えるんだ。竜化したときのブレスも、あれは魔法で生みだしたものなんだ。竜人族は、喉に魔法器官を生まれ持っている。だから、その竜化するときの属性に合わせた属性の魔法が使えるんだよ」

「じゃあ……」

テオドールの言葉に私の期待が膨らむ。人間の魔法使いとはまた違う方法で魔法を使うことができるなんて、凄い。

私の期待に応えるように、テオドールがひとつ頷いた。

「帝国中なんていう広大な範囲魔法は使えないんだけれど、基本的な魔法なら行使可能なんだよ。問題のありそうな場所を俺が浄化して回れば、医師の提案してくれた方法で対処可能なんじゃないかな？」

その言葉に希望を感じて、私はぱぁっと顔を明るくする。

「素晴らしいわ！　テオドール！」

私はそう言って彼の手を両手でぎゅっと握りしめる。

「なにを言っている。そのあと、また広範囲に治癒魔法をかけてくれるのはリリアーヌだ。君こそ素晴らしいよ」

「……私とあなたで、この国を救えるかも知れないのは素晴らしいわ」

「俺と君の初めての共同作業だな」

にっこりと笑ってテオドールがそう告げる。私はなんだか嬉しくなって再び頬が熱を持つのを感じた。こんな事態だというのに不謹慎だろうか。それでも、『初めての共同作業』という言葉に胸が躍った。

だが、それは一瞬で、現実的に手順を考えると私は首を捻った。テオドールの方の浄化作業があまりにも手間取りすぎるような気がしたからだ。

「どうした？　リリアーヌ。顔色が優れないが」

「うん……」

「うん、なにが気にかかる？」

なにかよい手立てはないものかと思案にくれる。

テオドールはそんな私が次に口を開くのを、手を繋いだまま辛抱強く待ってくれる。

「……浄化の手順があまりにも手間がかかりすぎると思うの。ただでさえ、あなたには本来の公務もあるのに……」

「それは仕方ない。非常事態なんだからね。アンリにも頼んでなんとか凌《しの》ぐよ」

そんな返答をもらいつつも、もどかしく思っていると、ツンツンと肩を突かれる感触に後ろを振り返った。ここには私とテオドールと医師しかいないはずだ。誰だろう？

『リリアーヌ！　私たちの存在を忘れていない⁉』

そこにいたのはアクア。水の精霊の彼女だ。

「アクア！」

そう声を上げると、医師は不思議そうな顔をする。その様子を見て、テオドールが察してくれたように口を開く。

「リリアーヌ。アクアというと、癒しの魔法を行使するときに君が呼んでいた精霊様の御名かい？　そういえば、俺を助けてくれたときも紹介してくれたよね？」

「あっ。そう！　今はふたりには見えないかも知れないけれど、今アクアがなにか話したいことがあるみたいで、声をかけてくれていて……」

そう答えると、テオドールと医師が顔を見合わせてから、テオドールが頷く。

「俺たちはいいよ。リリアーヌが精霊様と話をしてみて」

「ええ！」

許可を得て、私はテオドールと手を離して身体の向きをアクアのいる方に向ける。

「アクア。あなた達になにか手立てがあるの？」

『当然じゃない！　水属性の魔法は水の精霊の管轄《かんかつ》よ！　ちまちまと浄化して回ろうとしているなんてまどろっこしいわ』

「え……じゃあ、もしかして！」

『その、もしかしてよ！　今この国は精霊の力で満ち溢れているわ。あなたを求めて精霊たちが集まっているの。だから、水の精霊も通常よりもたくさんいる。彼が浄化魔法を行使するなら、今ならたくさんいる私たちが補助して、広範囲に効力を広げてあげることだって可能だわ！』

「凄い！」

『手伝って欲しい？』

手伝って欲しいと言って欲しいといった様子で、自信満々に胸を張ってみせるアクア。

「勿論お願いしたいわ！　お願い！」

『いいわよ！　そこで不思議そうにしている者たちにも教えてあげなさいよ！』

そう言われて振り返ると、私の言葉しか聞こえないテオドールたちが不思議そうにしている。

「ああ、ごめんなさい。あのね、水の精霊が今この国にたくさんいるんですって。それで、テオドールが浄化魔法を使うなら、それを範囲魔法に広げるお手伝いができるって言うのよ！」

「「それは凄い！」」

テオドールと医師が、見えた光明に目を見開いて顔を見合わせる。

「君から、精霊様によろしく頼んでもらえるかな。それから、深い感謝の気持ちも伝えて欲しい」

「大丈夫。あなたの言葉はアクアに聞こえているわよ」

そう言うと、アクアが、うんうんと頷いていた。

『私たちの大切なリリアーヌを護ってくれる国だもの。そんな国には私たちは加護を惜しまないわ！　さあ、みんな出番よ！』

すると、アクアの周りに水色の光の球がたくさん現れ始める。さすがにそれは、テオドールたちの目にも見えたようで、医師が感極まったように両膝を突いて、両手を組んで祈り始める。

『さあ、リリアーヌ。あの竜人に魔法を使うように伝えなさい』

「ええ！　テオドール！」

「ああ、なんだい？」

希望の灯った青い瞳が私をしっかりと見つめる。

「浄化魔法を使ってちょうだい。今ここにはたくさんの水の精霊が集まっているから、補助してくれるわ！」

そう告げると、テオドールが片手で私の手を繋ぐ。そして、天を仰ぐように空いた手を空に向かって伸ばす。

「水の精霊様。国をお救いください。その偉大なお力で私の水の力を、国全体に行き渡らせてください……！　浄化《ピュリフィ》！」

「さあ！　集まった水の精霊たちよ、この魔法を増幅するのよ！　範囲浄化《エリアピュリフィ》！」

すると、テオドールが発動した浄化魔法を、私が精霊の力を借りて範囲を広げていく。

テオドールが生んだ水色の魔法の光が、みるみるうちに膨らんでいく。そして、彼を中心として、四方八方に広がっていったのだった。

「……浄化……できたの？」

私が恐る恐るアクアに聞く。

『あったり前じゃない！　水の精霊様に、水の魔法で不可能なんてないわ！』

ふん、と鼻を持ち上げて、アクアが胸を張ってみせる。

「ありがとう！　アクア！」

『そんなこと言っていないで、早くあなたは治癒の魔法を使っちゃいなさい。せっかく浄化したものが、罹患している者から再び外に出ないうちにね！』

「うん、ありがとう！　水と光の力よ。我らに癒しを与えしものよ。我に力を与えたまえ」

そう天に向かって告げると、すでに集まっている水の精霊に加えてたくさんの光の精霊たちが集まってくる。その中には当然ルーミエがいる。

『呼んだわね、リリアーヌ。さあ、私たちの力を思う存分使ってちょうだい。愛しい私たちの清らかな聖女《リリアーヌ》』

私は、繋いだままのテオドールの手をぎゅっと握り直す。

――彼の愛する、この帝国の人々を救って……！

「……人々を癒《エリアヒール》したまえ」

祈りを込めて、ひと言そう唱える。すると、水と光の精霊たちが嬉しそうにくるくると踊る。

そして、私から生まれた治癒の光が国全体に向かって散っていくのだった。

『『もうこの国は大丈夫なはずよ』』

アクアとルーミエが、揃って笑って事態の収束を私に告げてくれる。

「……ありがとう……！」

そして、テオドールに向かって私から笑いかける。

「帝国全体の浄化も治癒も完了したわ……！」

「リリアーヌ……！　本当に君には助けられてばかりだ……！」

手を解かれ、その代わりに彼にぎゅっと抱きしめられる。

「なにを言っているの。これは『初めての共同作業』よ！」

そう言って、私も彼を抱きしめ返す。

「ああ……俺はなんて得がたい伴侶を得たんだ……。君のことは絶対に離さない……」

「ええ、絶対に離さないで。テオドール」

そうして抱きしめあう私たちを横目に、医師は膝を突いたままだ。

「ああ……奇跡だ。精霊様の……聖女様の奇跡だ……！」

この奇跡を目の当たりにした医師は、涙を流しながら祈り続けるばかりだった。


そして、今度こそ事態は収束を見せた。帝国内各地に調査兵を派遣し、三ヶ月が経って季節が移ろっても、今度は同じ事象は起こらなかったのである。

「事態の収束宣言をしよう。そうして、この事態の収束の立役者が誰なのかをつまびらかにしよう！」

ふたりで対処したことを報告してあった国王陛下が、今度こそ事態が収束したと判断して、そう宣言したのだ。

「リリアーヌ嬢の功績と、リリアーヌ嬢という聖女を国に迎えられたという喜びを、国民にも広く知らしめるべきだ」

国王陛下の宣言は、そういう理由からだった。

そうして私とテオドールは、国王陛下ご夫妻と、アンリ殿下、ミシェルと一緒に、城の披露目用のベランダに立っていた。今回の主役の私とテオドールは勿論その中央に立っている。

「今回の流行り病は、我が息子皇太子テオドールと、その婚約者聖女リリアーヌ殿の手によって一掃された！　安心せよ、国の民たちよ！　もう我々帝国民は病になど煩わされることはないのだ！」

国王陛下が高らかに宣言すると、集まった大勢の帝国民たちがわっと歓声を上げる。

「テオドール殿下、万歳！」

「聖女リリアーヌ様、万歳！」

――まるで、本物の家族みたい。

テオドールの家族に囲まれて、人々の歓声を受けながら、私はそう心から嬉しく思えた。テオドールの家族に、そして、国民に受け入れられている。それは、かつての私には与えられていなかったもの。その実感がじわじわと胸を占める。

――嬉しいわ。

そう思うと感極まって、ぽろりと涙が零れ落ちる。

「なにを泣くんだい、リリアーヌ。今日は君が主役だ。さあ、涙を拭いて、顔を上げて。民に君の顔をよく見せてあげておくれ」

そう言って、テオドールが私の目元をそっと優しく拭う。それに応えて、私は口角を上げて顔を上げる。

「そうね。……ねえ、テオドール。手を握ってちょうだい」

「喜んで」

テオドールが、私の願いに応えて私の片手をぎゅっと握りしめてくれた。そして、私の手の甲にキスを落とす。

私は、再び歓声を上げる民の方を見る。そして、彼らに向かって手を振った。わっとひときわ歓声が大きく沸く。

私は、私を望む人々からの大歓声に包まれていた。

とても幸福だった。

第七章　聖女争奪①

帝都の流行り病も治まって、国内の人々に大歓迎をもって受け入れられた。そうして平穏な日々を送っていたある日、突然テオドールの来訪を受けた。

「前触れもなく済まない。緊急の知らせがあって……」

テオドールは一枚の書簡らしきものを握っていた。その顔は、いつも穏やかな彼にしては険しいものだった。

「テオドール？　様子がなんだか変だわ。それに朝からこんな急に。なにか大変なことがあったのね？　……マリアにお茶を淹《い》れさせるわ。こちらにどうぞ」

「……いや、それは必要ない。マリアは部屋を出ていて欲しい」

「……承知しました」

マリアは、なにかを悟ったかのようにテオドールの指示に従って、一礼してから部屋をあとにする。

部屋に残ったのは私とテオドール、ふたりきりだ。

私はテオドールの表情の険しさに身構えつつも、ひとまずソファに移ろうと彼を促す。すると、テオドールは私に従ってソファに腰を下ろした。私は、その向かいに座る。

そして、飲み物はなしで向かいあう。

「……単刀直入に言う」

「ええ……」

テオドールの緊迫した面持ちに私は少々気圧《けお》されながら答える。

「……アンベール王国が、君の返還要求を申してできた」

テオドールが両手を組み、顔を伏せながら驚きの言葉を口にした。

「……え？」

「アンベールの王太子の婚約者リリアーヌを返せと言ってきたんだ。……リリアーヌ。君を疑うわけではないが、どういうことなんだ、これは」

伏せていた顔を上げてテオドールが私に問う。その表情は険しかった。

──私……疑われているの？

「そんな……だって私は、王太子に国外追放を言い渡されて、森に捨てられたのよ？　それは前にも話したわよね？」

「ああ、聞いている。けれど、なぜ今になって君を彼の国の王太子の婚約者などと言って、返還要求などしてくるんだ？」

──なんだか私が尋問されているみたい。まるで信頼されていないみたいだわ。

私は、未《いま》だに王太子エドワードの婚約者と言われ、返還要求があったことには驚いたが、傷つけられたのはテオドールの態度にだった。

「……私の言ったことは信用できないというのね」

すうっと心の中に冷たいものが落ちていく。

「リリアーヌ、そうじゃない」

「いいえ、そういうことだわ。私があなたに説明したことなど、信用できないと言っているんだわ！」

私は私を受け入れてくれていた人から、全面的に拒否されたような気がして、心が悲しみに満ち溢れていた。私はそれを心のままに吐きだす。それが険しいとげとなってテオドールに向けられる。

「私を信用できないと言っているんだわ！」

「そうじゃない！」

その後は会話にもならなかった。

――彼と同じ空間にいたくない！

「私の気持ちを疑ったあなたとなんて一緒にいたくないわ！　出ていってちょうだい！」

「リリアーヌ！　落ちついて！」

「無理よ！　出ていって！　顔も見たくないわ！」

私はソファから立ち上がり、勢いのままに私は彼に酷い拒絶の言葉を投げつける。私の瞳には涙が浮かんできていた。

滲んだ視界には、彼が大きく目を見開き、傷ついた様子が映っていた。

その顔を見て、私ははっとする。けれど、一度発した言葉を撤回する気にもなれなくて、無造作に自らの手の甲で涙を拭いながら、彼に背中を向けた。

「わかった……今日はお暇するよ」

「……」

「疑ったと思わせるような言い方をして済まなかった」

テオドールはそう言い残して部屋をあとにした。

パタン、と扉を閉じる音がして、彼が部屋をあとにしたのを知る。

——行ってしまったわ。酷いことを言ってしまった。

悲しみで、再び涙がポロポロと溢れてくる。それは瞳から溢れ、頬を伝い、顎から絨毯《じゅうたん》にポタポタとシミを作る。

ふと見ると、かつて婚約を申し込まれたときに左手の薬指に嵌められた指輪にも涙が落ちたのか、濡れて鈍く光っているのが目についた。

——あんな酷いことを言ってしまって。もう、終わりなのかしら。

そう思って悲しくなって、指輪を指から引き抜き、テーブルの上のガラス製の小物入れにしまう。カランと硬質な音が響いて、余計にもの悲しくなった。

――これも、返さなくちゃいけないのかしらね。

「テオドール……」

――やっぱり、信用してもらえないのかしら？

返還要求への驚きよりも、自分のことを信用してもらえなかったような発言を受けたことが辛くて、私は力なくソファに腰を下ろす。

別に婚約者がいながら、テオドールの婚約者になった。彼は私をそんなだらしない女だと思ったかしら？

他に異性がいながら、テオドールの愛の言葉を受けて、キスを受けて。そんなあざとい女に思われたのかしら。

考えれば考えるほど、思考はマイナスの方向へ落ちていき、悪い方悪い方へとぐるぐると思考がループする。その間も、私の頬を濡らす涙は止まらなかった。

そうしてしばらく気落ちしていると、コンコン、と扉をノックする音がした。

「だあれ？」

おっくうに思いながらも、私は扉の向こうへ返事をする。

「ミシェルよ。テオドールに、あなたを慰めて欲しいって言われたから、来たの。入るわよ」

テオドール、との名前に、一瞬断ろうかと思ったけれど、ミシェルが扉を開ける方が早かった。断る間もなく彼女は扉を開けて入ってくる。

「なあに！　そんなに顔をぐしゃぐしゃにして！」

私の顔がそんなに酷かったのだろうか。ミシェルが駆け寄ってきて、ハンカチを取りだす。

そして隣に腰を下ろして、私の頬を優しく拭ってくれた。

「あのね、ミシェル。……私が前にいたアンベール王国から、私の身柄の引き渡し要求があったらしいのよ……」

「……え？　前に聞いた話じゃ、あの国の王太子が浮気したのよね？　それで、あなたに妾に身を引けって言って。だからあなたは婚約破棄するって言ったのよね？」

「そう……。なのに、今更なにを考えているのか、王太子の婚約者だって言いだしてきているの」

「なによそれ！　その上危険な森に捨てておいておいて、婚約者だから返せなんてふざけているわ！」

憤慨してくれる様子が、私の代わりに怒ってくれているようで嬉しくて、私は少し笑顔を取り戻す。

「もう。リリアーヌ姉様！　笑っている場合じゃないわよ！」

「え？」

すると、ミシェルが私の両頬をぺしぺしと軽く叩く。

「怒るときはちゃんと怒りなさい。……怒るべき相手にね」

「ミシェル……」

そして、叩く手を止めて、優しく頬を包み込む。

「ねえ、あなたが今怒りをぶつける相手はアンベール王国にじゃないの？　それで、大切なあなたのテオドールと喧嘩《けんか》してどうするのよ」

ミシェルの言うことはもっともだ。私は怒りをぶつける相手を間違え、そして、身近にいたテオドールの言葉に傷ついたことを理由に、彼を拒絶してしまった。

「……リリアーヌ姉様、これ」

ミシェルが隠し持っていたらしい紐《ひも》で結われたピンクのマーガレットの束を差しだす。花束をまとめるリボンの青が、テオドールの瞳を思いださせる。

「……これは？」

「テオドールから預かったのよ」

私は、差しだされたその花束をおずおずと受けとる。

「ピンクの……マーガレット……」

「それは、恋人に『ごめんなさい、愛しています』と伝えるときに贈る花よ」

「テオドールが……。私にごめんなさいって……」

「そうよ。ねえ、落ちついたらでいいから……もうちょっとふたりでゆっくり話しあったらどう？」

そう言って、ミシェルは私を宥めるように頭を撫でてくれる。

「……そうね。私もちょっと勢いで反応しすぎたかも知れない……」

「そうそう。いい子ね」

「やだ。いい子だなんて」

ミシェルに子供扱いされたようで、思わず私は笑って否定する。

すると、ミシェルがほっとしたように笑った。

「そうそう。そうやって笑っていて。私は、笑顔のあなたが好きだわ」

「ありがとう、ミシェル」

彼女のおかげで、ようやく私は笑顔を取り戻せた。

「じゃあ、私は帰るわね。ちゃんと次に会うときまでには仲直りしておくのよ！」

にっこり笑ってから、ミシェルが部屋をあとにする。

そんな彼女を見送ってから、私は鏡台の引き出しを開ける。

——仲直りするなら。

あれを贈ろう。

私は、忙しい合間を縫って作ったそれを手にするのだった。

◆

「くそっ！」

俺は自分の執務室に戻ってから、手に持っていた書簡を執務机に投げつけた。

――リリアーヌを傷つけた。泣かせた。

そのことに自責の念を感じて、イライラしていた。

「おいおい、テオドール。珍しく乱暴だな」

弟のアンリだ。ちょうど俺の部屋にいたらしい。驚いた様子で俺を見ていた。

「……例の返還要求の件だよ」

「ああ……彼女には話したのか？」

返還要求の件は、書簡が国――父上に届き、俺とアンリと共に確認したので、彼も内容は知っていた。

「話した。だけど、彼女は自分が疑われたと思ったらしい。……彼女を傷つけて、彼女に部屋を追いだされてきたよ」

俺はそう告げると、唇を噛んだ。

疑ってはいなかった。

けれど、『婚約者』と書かれた文字を読んで……。

――嫉妬していたのかも知れない。焦りがあったのかも知れない。

かっとなった。

弱さと嫉妬心とわずかな猜疑《さいぎ》心と。

そんな、自分にも嫌気がさしていた。

「それでいらついていたのか。彼女はただの聖女ってだけじゃない。希有な聖女だ。……普通は、手放す方がおかしい。なにか間違いがあったとかで、今更政治的な思惑が絡んできたんじゃないのか？　それなら、今更返せと言ってくるのにも理由はつく」

「確か、王太子に追放されたって聞いている……。婚約も彼女から破棄したって聞いてる」

「テオドール、よく聞け。王太子は王じゃない。ただの王の息子。王があってこそ後継者でいられるだけの駒だ。本来なら、王命で決まった婚約者の婚約破棄を認めたり、希有な聖女を追いだしたりするような権力は持っていないはずだぞ？」

俺はリリアーヌに聞かされた身の上話を思いだす。そして、書簡が、彼女を追放した王太子からではなく国王からだったことも同時に。

「今日は止めておけ。ほとぼりが冷めたら……。そうだな、明日にでも彼女に謝りにいきつつ、もう一度きちんと話しあえよ？　早すぎてもダメだが、長引かせても尾を引く」

「ああ、わかった。ありがとう、アンリ」

俺はアンリとの話が済むと、色とりどりの花が咲いている庭園に来た。色とりどりの花々を見ると、屈託なく笑う彼女の笑顔が思い浮かんだ。すぐに思いついて、側で仕事をしていた庭師から庭ばさみを借り受ける。

そして、そのはさみを手に彼女のことを考える。

――彼女に謝ろう。

謝罪の意味を持つ花は……。

迷っていると、ひょこっとミシェルが姿を現した。

「アンリに言われたの。テオドールがリリアーヌ姉様に謝りたがっているって。だから、私の出番かなぁと思ったのよね」

彼女がにっこり笑ってウインクする。

「ありがとう。……大当たりだ。会うのは明日にするにしても、今日のうちになにかしらの形で謝っておきたくて……それで、花を選んでいた。花を贈るくらいならいいかと思って」

「あら、じゃあ私の出番ね！」

きょろきょろと庭園の中に咲く花を見て回る。

「花言葉で謝るのはいい手よね～」

まるでこちらの思惑を見透かしたかのように、楽しそうに花選びを始める。

「謝罪謝罪……あ。マーガレットが咲いているわ！　色とりどりね」

「マーガレットが、そういう意味を持つのか？」

駆けていくミシェルを追いかけながら問いかける。

「そうよ。そうねえ……何色《なんしょく》かあるけれど……」

そう言って、プチンと一輪手折って、俺に差しだす。ピンクのマーガレットだ。

「恋人に贈るにはこの色が一番。『謝罪』に加えて『真実の愛』って意味を持つから。だから『ごめんなさい、愛しています』って伝えるのにちょうどいいわ」

手折られたピンクのマーガレットを受けとって、俺は口角が上がるのを感じる。

「ありがとう、ミシェル。助かったよ……もし叶うなら、君から花束を渡してもらえないか？　……もし彼女が落ち込んでいたら、慰めてやって欲しいんだ」

「仕方ないわね～。貸しよ、貸し！」

冗談ぽく笑って答えて、ミシェルがウインクして返す。

「今度、アンリに聞いて、君が好みそうなものを贈るよ」

「やった！」

そうして、俺は自ら手折った花を、俺の瞳の色の青のリボンで花束にまとめ、彼女にミシェル伝いに謝罪の花束を贈ったのだった。

◆

そうして翌日。

マリアに手伝ってもらって、ちょうど身支度が終わった頃、コンコン、と私の部屋のドアが鳴った。

「テオドールだ。今話せるかい？」

ノックの主は彼だった。

「テオドール……」

私はしばし逡巡《しゅんじゅん》する。昨日喧嘩してしまったから。

「どうしよう……」

呟く私に、マリアが私の肩を軽く叩く。そして、彼女の手で花瓶に活《い》けてくれた花——ピンクのマーガレットを指さす。

「大丈夫ですよ」

「……そうね」

私は、彼女に背中を押されるようにして、扉の向こうに返事をした。

「大丈夫です。入ってください」

その言葉に促されて入ってくるテオドール。手には、今度は青いカンパニュラの花束を手にしている。

「あれも、謝罪の意味を持つお花ですね」

こっそりと私の耳元に囁くマリア。彼女を見ると、にっこりと微笑んでいる。

「いらっしゃいませ、テオドール様。……お花、リリアーヌ様への贈り物でしたら、活けてきましょうか？」

気を配って、ふたりきりにしようとしてくれているのだろうか。マリアが、テオドールに話しかけた。

「ああ、頼むよ。……ふたりだけで話がしたいから、しばらくふたりきりにしてくれないか？」

「承知しました」

すると、テオドールが一度私に花束を渡す。私はその花に顔を埋めて香りを嗅いでから、マリアに花束を手渡す。その花束を受けとったマリアは、一礼をすると、テオドールと入れ違いに部屋をあとにしたのだった。

「リリアーヌ。昨日は済まなかった」

「こちらこそ、きちんと話を聞けなくてごめんなさい」

私たちは、互いに求めあうように腕を伸ばして、そして抱きしめあう。

「君の言うことを疑っていたわけではないんだ。……誤解をさせたようで、ごめん」

「いいのよ。……私も、疑われたんじゃないかって……婚約者がいながら、あなたの手を取ったと……いい加減な女と思われたんじゃないかと、不安になって、混乱してしまって……」

私は、自分でそう言って怖くなり、ぎゅっと彼にしがみつく。彼は、それを受けとめるかのようにさらに強く抱きしめてくれた。

「君のことをそんなふうには思っていないよ。……もう一度、事情をゆっくり話してくれないか？」

「……はい。あの、その証に、渡したいものがあるの……」

そう言うと、テオドールは私を抱きしめていた腕を解く。

「渡したいものって、なんだろう……？」

私は一度鏡台の前まで行って、その引き出しから例のものを取りだしてくる。それから彼の元に戻った。

そして、首を捻って待つテオドールの首に腕を伸ばして、私はそれを彼の首に巻きつける。

青地の絹に銀のユリの紋様の刺繍を施したクラバットだ。それを、丁寧に仲直りの気持ちと愛情を込めて結わいていく。

「これは……」

テオドールが、クラバットに散りばめられた銀色のユリの紋様を手に取って眺める。

「あなたの瞳の色と髪の色。……そして、私たちの繋がりの証のユリの紋様を刺繍したのよ」

「君が縫ったのかい？」

「ええ、あなたを想って」

そう答えると、クラバットを結わえ終わるやいなや、私を再び強く抱きしめる。

「嬉しいよ、リリアーヌ！　生涯大切にする……！」

「生涯だなんて大げさよ、テオドール。ちょっと、ちょっと。ちゃんと話をしないと……」

そう窘めると彼は渋々といった様子で抱擁を解く。それから私たちはソファに並んで座るのだった。そして、私たちは本題に入った。

「まず、君は婚約破棄をしているんだよね？」

「ええ。私は王太子の婚約者だったわ。でも、王太子がイザベルという別の聖女を婚約者にすると言っていたので……婚約破棄で合っていると思います。……私には妾になれと言ってきたのがあんまりだと思って、私からも『婚約破棄』って言ったの……」

「それは酷いね」

テオドールが、私の手をぎゅっと握ってくれた。

「……でも、王太子の婚約なんて、王命で決まったことだよね？」

「ええ。でもちょうど、その頃は王と教皇が、神事のために城から離れて不在だったの。だから、その日も国事に関する権限は王太子に委譲されていました」

「なるほど。……王権は委譲されていた。その委譲された王太子が婚約破棄を認めた。その上森の中に打ち捨てた……となると、その婚約破棄は委譲とはいえ、正式なものになるね」

『正式なもの』という理解を、他でもないテオドール自身から得られて、私は嬉しくなる。

「そうよ！　私はもう、あの国の王太子の婚約者じゃないわ！　私が好きなのは……テオドール、あなただけ！」

私たちは互いの手を取りあう。

「そうだ……」

「……ん？　どうしたんだい？」

「私が、大聖女の可能性を持つ聖女だっていうことは機密事項だったの。もしかしたら王や教皇は、王太子には告げていなかったのかも知れない」

「そうすると、つじつまが合うね」

「そうなの？」

私が首を傾げると、テオドールが頷いた。

「ああ。大聖女の可能性がある君をないがしろにした。そして、勝手に婚約破棄を決めて君を追いだした。だけど今更になって、王の名前で君の返還要求をしてきた……。うん、話が繋がってきたよ」

「信じてくれる？」

「……ああ」

テオドールは、指と指を絡めて手を繋ぎ直し、ぎゅっと握りしめてくれる。そして、私の唇に優しくキスを落とした。

「君を信じるよ、リリアーヌ。ならば即刻父上に報告して、返還要求に『否《いな》』と返していただこう」

「ありがとう、テオドール。愛しているわ！」

「俺こそだ、リリアーヌ。番である君を……いや、ひとりの人として最愛の君を、今更手放せるはずもない。ああ、愛しているよ。俺の最愛」

再び彼から触れるだけだけれど情熱的なキスを受けて、私は多幸感でとろんとしてしまう。キスが終わると、私は彼の胸の中にくったりとして身体を預けていた。

「君は俺が護る。……だから安心していて欲しい」

「ええ、あなたを信じているわ、テオドール」

その後、テオドールは私から聞きとったことを皇帝陛下に報告した。その結果、皇帝陛下は『返還拒否』の返答をしてくれたのだそうだ。

私の身柄は、その後も皇太子たるテオドールの婚約者として扱われたのだった。

閑話　その頃のアンベール王国③

リリアーヌ返還に対する、拒否の回答をしるした書簡は、ドラゴニア帝国からアンベール王国へ早々に返された。

国王は、伝達兵が持ち帰ったその書簡を受けとり、内容を確認するなり、怒りに打ち震え、ぐしゃりと握りつぶした。

「エドワード！　戦争じゃ！　民からは武器の元となる金属を徴収せよ。武器を作るのだ！　貴族は言うまでもなく民草からも徴兵して、国中の男を集めて兵にするのだ。手に持たせるのは武器でも農具でもいい。兵士に仕立て上げるのだ！　さらに、国中から兵士たちの兵糧となる食糧を集めよ！　そしてリリアーヌを奪還するのだ！」

国王は青筋を立てて怒気をもって叫ぶ。

「父上、国中からなどと……。それでは国が疲弊してしまいます！　ただでさえ精霊の恩恵が減ったせいで、今年の収穫が少なかったというのに。それでは民が冬を越せなくなります！」

理由は口にした民を思う憂いからではない。けれど、獣人たちの国を統括する巨大な国、ドラゴニア帝国に向けて出兵しろと命じられたエドワードは、怖じ気づいて国王を宥めようとする。久しく戦争などなかったアンベール育ちのエドワードには戦争経験はなかったからだ。

けれど、その言葉は国王の怒りに火を注いだ。

「ドラゴニア帝国と聞いて怖じ気づいたかエドワード！　未来の大聖女リリアーヌの喪失はお前の失態だ！　あの娘を取り戻してこられなければ、お前は廃嫡、第二王子のオーレリアンを王太子にすげ替えることなどたやすいのだぞ！」

国王は王笏を振り上げながら叫ぶ。

「父上、それはあんまりな……！」

一度そう叫んで反論して、唇を噛む。そして、すぐに怒りの頂点にある国王には通じないだろうと悟る。

「承知しました、父上……」

自分の失態から起こった事態に、肩を落としながら自室に戻った。

「エドワード様！」

エドワードの自室に控えていたイザベルが、部屋に戻ってきたエドワードに駆け寄る。そして、彼を抱きしめ抱擁した。

「イザベル……私は戦争に赴くことになった……」

「なんということでしょう……」

イザベルは、エドワードの胸に顔を埋める。

そんな彼女の肩と腰に手を添え、エドワードはぎゅっと強く抱きしめ返す。

「……正直、ドラゴニア帝国の竜人族に、我々人間が敵うとは思っていない。父上のおっしゃることは無謀すぎる。彼らは、竜になれる。竜に対して人間が太刀打ちでいるわけもないんだ……！」

「おいたわしい、エドワード様」

イザベルは、エドワードの肩に頬を押しつけ涙を滲ませる。

「泣かないでくれ、イザベル」

「でも……」

ふるふると首を横に振るイザベル。そんな彼女の瞳に溜まった涙を、ハンカチで拭いてやる。

「だって、エドワード様が帝国にお勝ちになれば、あのリリアーヌと結婚させられるのでしょう？　私は日陰の身です。……もしです。もし万が一殿下が敗北なさったとなれば……私はあなた様を失ってひとりで……いえ、たったふたりでどうしろというのです……」

そう言って、イザベルは自分の腹部に手を下ろし、そこを撫でる。

「私と殿下のお子……。私とこの子は、殿下なくして生きてはいけません」

そんなイザベルを慰めるように、エドワードは腹部を押さえるイザベルの手に自分の手を重ねる。

「殿下……この子はどうなってしまうのでしょう？」

涙目でイザベルはエドワードにすがるように見つめる。

「その心配には及ばない。まだ父上には報告していなかったが、万が一のときのために私の子であると一筆書いたものを用意していく。……それがあれば、私が戦で散っても、イザベル、君とその子の身は保障されるだろう。……私たちの子を頼む」

「……殿下……！」

「いつまでもこうしていても、名残が惜しくなるばかりだ。……さあ、これを持って、部屋を出ていくがいい」

「殿下……！　必ずお戻りください！　そう信じて待っております……！」

イザベルは涙を流し、それをハンカチで押さえながら、エドワードの私室をあとにしたのだった。何度も、何度も名残を惜しんで振り返りながら。

イザベルは廊下を歩いていく。すでにその顔には涙のあとはない。それどころか、うっすらと唇に笑みを湛えながら、カツカツとヒールの音を響かせながら歩いていた。

そして、とある部屋の前で立ち止まる。

コンコン。

「イザベルです」

ドアをノックし、名を名乗る。

「入れ」

低くよく響く男の声が帰ってくる。

それに従ってイザベルはドアを開け、そして、部屋に入ると扉を閉じた。

「お父様。手に入れましたわ」

にっこりと微笑んで、イザベルがエドワードから受けとった書簡を広げてみせた。

「このお腹の子の認知状を書いていただけましたわ」

「おお！　よくやった！」

ひとり用のソファに座っていた、イザベルの父であるモンテルラン侯爵が立ち上がる。

「それがあれば、殿下が無事戻られれば、後継者のいる殿下の方が後継者として有利。儂の力で第二王子派など蹴散らしてやろう。もし殿下に万が一のことがあっても、その腹の子を後継者に推せばよい」

「ですわよね。……エドワード様が戦争で亡くなったとしても、この書簡があればこの子は王家の嫡流の血を引く子だと証明できます」

そうして親子は顔を見合わせてほくそ笑む。

「ああ。陛下は第二王子を嫡子になどと言っているが、あれはまだ五歳と幼い。その子が生まれれば、大して年の差もない。そのときに、嫡流であり、我がモンテルラン家が後ろ盾についたこの子を嫡子として推せば……」

「私は、ゆくゆくは嫡子の母に……」

「儂は、王の外戚になれる。まあ、その子が女だったとしても、我が派閥の貴族のしかるべき家から婿を用立てすればよいこと。我が家の地位は揺るぎない。……イザベル、本当に儂の言うとおりよく動いてくれた」

「ふふ。お父様のご命令ですもの」

そう。イザベルは、エドワードと恋に落ちていたわけではなかったのだ。

元々、リリアーヌさえいなければ、聖女としての地位も、家格も申し分ない彼女は、王太子妃になって当たり前だと思っていた。それを、リリアーヌに奪われたと思っていた。

そしてモンテルラン侯爵も同じ。

我が娘が、護りの聖女として認められたとき、家格も含めて我が娘が王太子妃の婚約者、未来の王妃になって当然と思っていた。そこにリリアーヌが突然現れ、王太子の婚約者の座をかっさらわれてしまったのだ。

そこで、モンテルラン侯爵は一計を講じた。

年頃になったエドワードに、モンテルラン侯爵がイザベルを引きあわせた。イザベルは父の言いつけどおりに積極的にエドワードを誘った。王太子といっても、若い未熟な青年。容姿も社交性もあり、華やかで魅力的な容姿の年頃のイザベルを引きあわせれば、エドワードもその気になるだろうと踏んでいたのだ。

結果、モンテルラン侯爵の思惑どおりになる。元々リリアーヌが婚約者であることに嫌気がさしていたエドワードは、イザベルに夢中になった。

モンテルラン侯爵からは、「手段を選ばず誘え」と言いつけられていた。そのため、イザベルはその細身でありながら豊かで恵まれたボディラインと、華やかな容姿と陽気な気性でエドワードを誘った。花に惹きつけられる蝶《ちょう》のように、エドワードの陥落は早かった。

そして彼らは、若さの勢いのままに身体の関係を持った。そして、モンテルラン侯爵待望の子が、イザベルの胎内に芽生えたのだ。

「殿下がリリアーヌを連れ帰ったとしても、先に生まれるのはイザベル、お前の子だ。お前が王母になるのは間違いない。どうせあの娘が妃《きさき》の位に据えおかれたとしても、イザベル、お前が殿下の気を引いている限り、あの娘に子はできんだろう」

「ええ、そうですわね、お父様……。殿下は私に夢中ですもの……」

そうして、親子は再びほくそ笑むのだった。


そんな思惑を知らず、王家は国中に命じて戦える年頃の男という男を徴兵した。

「おい、さっさと歩け！　武器になる鋤《すき》や鍬《くわ》を忘れるんじゃないぞ！」

徴兵を命じられた兵が、国中のありとあらゆる身分の男たちを駆りだす。

「お父さん！　いかないで！」

「あなた！」

父を、夫を奪われて泣き叫ぶ母子。

「俺は帰ってくる！　絶対にお前たちの元に返ってくるからな！」

そんな家族の悲痛な別れが国中を襲った。

帝国襲撃のために集められた兵は、国の人口の中から働き盛りの男たちを全て駆りだしたもの。さらに傭兵《ようへい》や金目当てのごろつきたちも雇い入れた。そうして集められたその数は五万。

リリアーヌ奪還のために、それだけの兵がドラゴニア帝国に押し寄せようとしていた。

第八章　聖女争奪②

「全く酷い話よね。やっぱり聖女が必要だったから、返せ〜なんて。リリアーヌ姉様も随分なとばっちりよね」

返還拒否の書簡を返してもらってからしばらく経ったある日、私はミシェルと一緒に午後のお茶を楽しんでいた。

「そうやって言われてみればそうなのよね。勝手だわ……まあ、私を追いだしたとなると、きっとあの国の王太子はかなり叱責されるんだろうな〜くらいには思っていたんだけれど。まさかこっちで婚約も決まっているのに、返せなんて言ってくるなんて驚いたわ」

マリアが茶菓子として用意してくれたひと口大のクッキーを頬張る。

「……でも、諦めるのかしら？　あなたって、なんだか色々と凄い聖女みたいじゃない？　治癒はしちゃうし、結界も張れるし、予言もできちゃうし。他にそんな子いるの？」

ミシェルも、ぽい、と自分の口にクッキーを放り投げて咀嚼しながら尋ねてくる。

「うーん。私、実は聖女の全ての力を使える、大聖女の可能性があるらしいのよね……そんな人は、滅多に現れないらしいわ。確か、建国以来、って言っていたような……」

私はクッキーが少し残った口を洗い流すように、紅茶をひと口、口に含む。

「じゃあ、諦めないかもねえ……」

「ええ？」

私は、心底嫌で、眉根に力が入る。

「まあ勿論、ドラゴニア帝国の竜人族——特に王家の人間ね。彼らは、大型竜になれるから、強いわ。人間なんて相手にならないわよ。だから、あなたは安心していて大丈夫だけれど……」

「だけど？」

「いかに、あちらが負け戦だろうと、戦を起こされたら、地方の弱い部族が住む地域は土地を荒らされるわ。兵糧として食糧なんかも奪われるだろうし……」

「……そんなの嫌だわ。すっぱり諦めてくれればいいのに……」

私は、すっかり食欲も失《う》せて肩を落とす。

そんな私を、ミシェルが陽気な笑顔で励まそうとする。

「大丈夫よ、リリアーヌ姉様。あっちは人間よ？　さすがに負けるとわかっている戦争に手を出しやしないわよ」

そう言って、陽気に笑っていたのだが……。

「リリアーヌ！」

テオドールが、バン！と大きな音を立てて扉を開けて、やってくる。

「ああ、済まない。ミシェルと一緒だったのか……だが、一大事なんだ」

「一大事？」

私は、さっき話していた嫌な話題が脳裏をよぎった。

「アンベール王国が戦を仕掛けてきた。要求はリリアーヌ、君だそうだ。兵はおよそ五万で押し寄せてきているらしい」

苦々しげにテオドールが告げた。

「やだぁ。馬鹿ねえ。いくら人数をかき集めたとしても、人間が獣人に敵いっこないじゃなぁい」

ミシェルが呆《あき》れたようにテオドールの報告を聞いた感想を口にする。

竜に変化できるドラゴニア帝国の皇族たる竜人族は言うまでもないけれど、獣人は一般的に体力や力といったものが人間より勝る種が多い。

オオカミ、熊は強さに勝り、リザードマンといったトカゲ種の獣人はすばやさに勝る。数で補おうとも、一騎当千とまでもいかないにしても、ひとり当たりの力量は優れているのだ。

「勿論、ミシェルの言うとおり、人間の国一国が数を集めても、我が獣人の国にあるドラゴニアには敵わないだろう。だが、国境近くの弱い部族の村々を荒らされているのは事実。そして、これ以上荒らされたくなければ、リリアーヌ、君を差しだせと要求してきている……」

テオドールが、酷く険しい顔をして告げた。

「酷い……私のために、関係のない村を踏み荒らすなんて……！」

私は、虐げられる人々のことを思うと、泣きだしたくなってきた。

「俺はこれから、国境沿いに行く。そして、やつらを追い返してくる。そして、リリアーヌ。君は渡さないと宣言してくる」

そう告げるテオドールに、私は首を横に振って答えた。

「ダメ、私もつれていって」

「リリアーヌ⁉」

テオドールは驚きで目を見開く。

「リリアーヌ姉様、危ないわよ！」

ミシェルも一緒になって反対する。

「テオドール。私にはできることがあるわ。自分にも、あなたにも、障壁の護りをかけることができる。……私は護られるだけじゃない。私もあなたを護りたいのよ！」

「……リリアーヌ……」

私とテオドールは見つめあう。そこに、ミシェルが口を挟む。

「だったら、あなたの口から『もう帰らない！』って言ってきてやりなさいよ！」

そうして、ウインクをしてみせた。

「テオドール兄様も、ふたりで、力も愛も相手に見せつけてくればいいじゃない。……それとも、兄様は姉様ひとりも守れないの？」

「守れるに決まっている！　いや、守ってみせる！」

「テオドール……」

テオドールの言葉に、私は感動で胸を打たれた。

「……こっちが有利とはいえ、場所は戦場だ。危険な場面もあるかも知れない。それでも一緒に行ってくれるかい？」

「ええ、勿論よ！」

テオドールの問いに、私はしっかりと頷いて返す。

「ミシェル。アンリも連れていくが、お前まで来るとか言いだすなよ？」

窘めるようにテオドールが言うと、ミシェルは肩を竦めて舌を出す。

「はいはーい。どうせ私は非力ですもの。アンリが凱旋《がいせん》するのをおとなしく城で待っているわ」

テオドールは、それを聞いて安心したらしい。

「じゃあ、リリアーヌ、行くよ」

「ええ、わかったわ」

私は、いざというときのために、聖女の魔法書を持って、彼のあとを追ったのだった。

そして、城の屋上ではすでにアンリ殿下が待っていた。

「リリアーヌ姉上も一緒か？」

驚いた様子で目を丸くする。

「ああ。戦力になるからと言って、同行を望んだんだ。……彼女の結界があれば心強い」

「確かにそうだな。……よろしく、姉上」

「ええ、よろしくね。アンリ殿下」

アンリ殿下の微笑みに、私も微笑み返す。

それを見届けたあと、テオドールが私の方に身体を向ける。

「リリアーヌ、俺たちは竜になって飛んでいく。君は私の背中に乗ってついてきて欲しい」

「……ええ、わかったわ」

確認を取ると、私は彼らが変化するのに必要な分、距離を取る。

すると、ふたりがその姿を変え始める。

背中に二枚の翼が生えてきて、次第にそこ以外の身体の形状も人に似たものから、竜のそれへと変わる。

そしてふたりは巨大な二頭の竜に姿を変えた。

テオドールは銀色の鱗に覆われた銀竜に。

アンリ殿下は赤い鱗に覆われた赤竜に。

「さあ、リリアーヌ。俺の背中に乗って」

テオドールが翼を私の側に開いて下ろして、乗るようにと促してくる。

私はそれに従って、翼伝いに背中に乗った。

「さあ、行くぞ！」

「おお！」

二頭の竜が、翼をはためかせる。

バサリ、バサリと翼を羽ばたかせると、屋上に風が舞う。

やがて屋上から足が離れ、浮上感を覚える。

次第に高度が上がり、屋上にいる兵士たちも、帝都の街並みも模型のように小さく見えるようになった。

「目的地は、国境近くのフィヨン村だ」

「了解！」

兄弟竜は、そう申しあわせると、目的地に向かって飛んでいくのだった。


テオドールの背中に乗って移動していると、風景があっという間に流れていく。木々も、道も、家も、街も、河も、湖も。

まるで模型のように見える光景に圧倒されながらも、心は襲われているという国境沿いの村に思いがいった。

——村の人々は無事だろうか。

村といっても、人口はおよそ千人と農業が盛んな農村なのだという。

そんな村の人々が、五万の兵に虐げられてはいやしないかと気が気でない。胸は張り裂けそうだった。

「テオドール。襲われている村の様子は聞いているの？」

私は風に煽《あお》られながらも竜になって飛んでいるテオドールに尋ねる。

「状況は詳しくはわからない。まだ、一報が入っただけなんだ」

「……みんな無事だといいんだけれど……」

確かに自分が行けば、怪我は治せるけれど。

それより前に死んでしまっては私では助けられないし、そもそも、怪我が治せるとはいっても痛みは与えられるのだ。

「……どうかみんな無事でいて」

私は祈るような気持ちで到着を待つのだった。

竜たちの飛翔は早かった。人間が馬を使って移動したとしても、ひと月はかかるだろうという距離を、彼らは一日で国境沿いまで到着した。急ぐので、なるべく風の抵抗を受けないように、私はテオドールの身体の上に伏せるようにと最初にテオドールたちに言いつけられた。

「煙が上がっているわ！」

小さな集落らしきものが見えてきて、私は顔を起こす。すると、視線の先に空に向かって煙が昇っているのが見えた。

「燃やされたか⁉」

テオドールが苦々しげに呟く。

「上手く避難できているといいんだけれどな……」

赤竜のアンリも気遣わしげだ。

そうして到着してみると、村の家々が燃やされていた。

「水流閃《ウォーターストリーム》！」

村の上に到着すると、テオドールが喉の器官で水を生成し、それを燃える家々の上に降り注がせる。

「あ、村の人が森へ避難していくわ。アンベール兵がそれを追っていくわ。止めないと！」

私は、森の中に避難した村の人を追いかけていく兵士たちを発見した。

「リリアーヌ！　そっちは君に任せた！」

「わかったわ！　土と風の力よ！　人々を護りたまえ《ワイドプロテクション》！」

私は、村の人々が避難している森に、結界を張る。私の結界は、五万の兵の前に、広く長く張り巡らされる。まるで村と森を護るように。

「よし、ありがとう、姉上。これで心置きなくやれる！」

家々を消化しているテオドールと別れて、アンリも赤い翼を広げてアンベール兵の前に立ちはだかる。

「灼熱の壁《ファイアーウォール》！」

赤竜の喉の器官で炎を生むと、アンリが兵士の前に炎の壁を作りだす。首を左右に振って、長く続く赤い炎の壁を作り上げて、アンベール兵たちの追随を阻んだ。

獄炎の壁に阻まれ、そして二頭の竜を前にアンベール兵たちは動揺して右往左往する。

そんな中、アンベール兵たちの中から聞き覚えのある声が聞こえてきた。

「なっ！　結界⁉　まさかリリアーヌか⁉」

そう叫んだ人物は、兵士たちを乱暴にかき分けて出てくる。

アンベールの王太子——かつての婚約者、エドワードだ。

「リリアーヌ！　どこにいる！　お前を連れ戻しに来た！　野蛮な竜などから離れてこちらへ戻れ！」

エドワードが辺りを見回しながら叫んでいる。私は大きな竜になったテオドールの背中に乗っている。だからきっと、テオドールの身体の影になって、小さな私の姿は見つけられないのだろう。

そんな中、村の消火も終わり、アンリと並ぶようにして、テオドールが翼を羽ばたかせながら兵士たちの前に立ち塞がった。

私たちとアンベール兵の間にある炎の壁は、テオドールの羽ばたきに煽られて、アンベール兵たちを後退させる。

「リリアーヌ！　そこにいたのか！」

エドワードが、テオドールの背の上に私を見つけて叫んだ。

一瞬視線が重なる。

かつての婚約者。そして、不義理をして私を森に打ち捨てた張本人。

「エドワード、私は帰らないわ！　この竜はドラゴニア王国の王太子テオドール！　私はもうこの人と婚約しているの！　だから、もうアンベールは私の帰るところじゃない！」

私はきっぱりとエドワードの申し出を拒絶した。

それを聞いても、エドワードは信じられないといった様子でさらにこちらに向かって叫んでくる。

「なにを言っている！　そんなことを言って、実際にはお前はそこの竜たちに、卑劣にも脅かされて拘束されているだけだろう⁉」

わめくエドワードの言葉に、私ははっきりと横に首を振る。

「いいえ、そんなことは一切ないわ。あなたと違ってテオドールは私を大切にしてくれる。私が生きるのは、テオドールのいるドラゴニア。あなたの元じゃないわ！」

私はエドワードに向かって叫んだ。

「なっ！　竜人たちに卑劣な手段で籠絡されたか！」

「籠絡されてなんかいないわ。私たちは、互いに想い愛しあっているの。……ね、テオドール？」

そうテオドールに尋ねると、銀竜の姿のテオドールがゆっくりと頷く。

「エドワードとやら。私、ドラゴニア王国の王太子テオドールとリリアーヌは、互いに愛を確かめあった上で婚約した。そもそも、そちらがリリアーヌを森に打ち捨てたのだろう？　非道なのはどちらだ！　もう、貴国に彼女を返却する謂《いわ》れはない！」

テオドールも、はっきりと私の言葉に同意してくれる。そして、エドワードの要求をきっぱりと拒否してくれた。

「……それでは困るんだよ、リリアーヌ。お前を取り戻せないと私は廃嫡される……！　なんとしてでも戻ってもらう！　兵士たち！　怯んでいるんじゃない！　竜を討伐せよ！」

エドワードの言葉に、兵士たちから動揺の言葉が漏れる。

「怯むな！　攻撃しないものは打ち捨てる！」

そう言って、エドワードが腰に差した剣を抜き、振りかざした。その剣に不運にも切り裂かれてうずくまる兵士たち。

それを見て、死にたくはないのだろう。悲鳴のような声を上げながらも、兵士たちがどうにかして業炎の壁をくぐってこちらへ来ようとする。そうして全身火だるまになる兵士たちもいた。さらに、弓兵たちもこちらへ射かけ始める。

「こざかしい」

その様子を見て、テオドールが呟く。

「テオドール、お願いがあるのよ」

アンベール兵たちの悲鳴を聞きながら、それに憂いを覚えた私がテオドールに声をかける。

そんな私にテオドールが耳を貸してくれた。

「どうした？　リリアーヌ」

「できれば、彼らを生きたままあちらの国に帰したいのよ。見れば、農民としか思えないような兵もいるわ。アンベール兵とはいえ、そんな人たちを殺《あや》めて欲しくないの……」

勿論相手は敵だ。けれど、中にはどう見ても一般民としか見えない者も多かった。そんな無《む》辜《こ》の民まで傷つくのは耐えられなかったのだ。

それは、こんな戦いの場ではわがままなのだろうかと迷いながらも、テオドールに頼んでみる。

「……リリアーヌ。君はどこまでも優しいんだな。君の言うとおり、見た感じ、確かに心ならずとも集められた者もいるのだろう」

テオドールがこちらに対峙《たいじ》する五万の兵を見回し、私の願いに同感の意を示してくれた。

「優しいだなんて。私はそんなたいそうな人間じゃないわ。でも、きっと彼らにも戻れば家族や大切な人がいたりするのよ」

迷いながらも、テオドールに哀願する。

「いや、君は優しいよ。……俺は君の優しさが好きだ。だから、その願いをなるべく叶えられるように対処しよう」

そう言うと、テオドールが喉首を天にもたげる。そして、彼の喉の器官で氷を生成する。

「氷の吹雪《アイスブレス》！」

その言葉と共に、テオドールは首を左右に振りながら広範囲に吹雪を吐きだす。それはアンリの炎の壁を消し、その先にいるエドワード含めたアンベール兵たちを全員、頭を除いて氷漬けにした。

それはたった一撃のことだった。

一瞬で五万の兵の身体の自由を奪ったのだ。

「……凄いわ、テオドール！」

なぜなら、それでも彼らは、私の願いどおり生きていたのだ。ただし、首から下を氷漬けにされて動けないでいた。

「リリアーヌ！　国に戻れ！」

動けない姿になっても、懲りもせずにエドワードがわめき立てる。

「戻らないわ！　言ったでしょう。私の国はドラゴニア帝国なの！」

「リリアーヌ……」

私が愛おしげにテオドールの背に頬ずりをすると、嬉しそうに彼が笑ったような気がした。

そうしていると、背後から複数の羽ばたきの音が聞こえてきた。

「みな様、ご無事で！」

「よく来た。ちょうど今、賊を捕らえたところだ」

やってきたのは、飛竜——テオドールたちよりも小型の竜種——に乗った獣人兵たちだ。数は二十万はいるだろうか。圧倒的な人数差だった。

そして、その中からその隊を率いているらしき人物にテオドールが声をかける。

「おお。殿下のブレスで見事に凍っておりますな」

ずらりと並ぶアンベール兵の氷像に、感嘆の声を漏らす。

「リリアーヌが殺して欲しくないと言うからな。あれを全部捕縛して、アンベールに叩き返して欲しいんだが。ああ、内輪揉《も》めやなんだかで負傷兵がいるようだから、それらの対応も頼むよ」

テオドールは、私の心を慮ってか、襲撃してきた敵国に対しては寛大すぎるほど寛大な対応を指示してくれる。

「敵兵に対して随分と寛大なご処置ですね」

「リリアーヌは優しいからな。……彼女の前で非道なものを見せて傷つけたくはない」

「なるほど、承知しました。ですがこの有様じゃあ、二度とこちらに手出しをしようなどとは思わないでしょう」

アンベール兵たちは、圧倒的な力の差と人数差を見て震え上がっている。それを見て、獣人兵が苦笑いをしていた。

「リリアーヌ！」

まだエドワードが性懲りもなくわめき立てる。

「無駄よ！　廃嫡でもなんでもされてください。そもそもあなたの撒《ま》いた種なんですから！」

「ぐっ……！」

私の言葉に、エドワードはさすがになにも言えないようだ。

「では、こやつらはこちらで捕縛しておきましょう。殿下方は先にお帰りになっていてくださ
い」

「頼んだぞ」

「承知しました」

その言葉を聞いて、テオドールとアンリが頷きあう。

そして、バサリと羽ばたき始める。

「リリアーヌは我が妃となる。何度やってこようとも、手出しなどさせん。これで懲りたら、潔く諦めるんだな」

最後にテオドールがエドワードに言い捨てる。それを聞いて、エドワードは苦々しげに顔をゆがませた。

「くそっ……竜共め……」

「……恨むなら、己の愚かさを恨むんだな」

そう言いおくと、テオドールとアンリが揃って上昇していく。

「テオドール……」

「リリアーヌ。戻ったら、俺と早々に結婚してくれ。……早くしないと、誰かに横からかっさらわれるんじゃないかと、気が気じゃない」

「あなた以外の誰にも目は行かないわ。でも嬉しいわ、テオドール。……愛してる」

「……俺も愛しているよ、リリアーヌ」

私は嬉しくて、もう一度テオドールの鱗に覆われた身体に頬ずりをする。

「そういうのは、城に帰ってからにしてくれよ……」

やや呆れ気味に、でも仕方がないといった様子でアンリが窘めるが、口調は穏やかだ。

そうして、二頭の竜は飛び立ち空高くに浮上する。

そこから眼下に見えた光景は、とても酷いものだった。村の家は焼け落ちている。そして、もうすぐ実ろうとしていた麦たちは、アンベール兵たちが進軍してきたであろう道のりに沿って踏み荒らされて、全て横倒しになっている。大勢の軍勢に無情にも踏み潰されてきた畑は見るも無惨な有様だった。

さらに、森の中から恐る恐る様子を見にでてきた村人たちの中には、身体をかばうようにして歩いている者たちもいる。アンベール兵たちに、身体のどこかを傷つけられたのだろうか。

「酷いわ……」

私は、あまりにもむごい光景に胸が締めつけられるような思いに襲われた。両の瞳から涙が溢れ、頬を伝って顎からぽたぽたと涙のしずくがテオドールの鱗を濡らす。

「リリアーヌ……？」

私の様子の異変に気がついたのだろう。羽ばたきをしながらその場に浮上したまま、テオドールが私の名を呼んだ。

「テオドール、帰るのは待って欲しいの。私には、ここでやるべきことがあるわ」

そう言うと、銀と赤の兄弟竜たちが顔を見合わせた。

「リリアーヌ姉上。なにをする気ですか？」

赤い竜の姿のアンリが私に尋ねてくる。彼に私は答え返した。

「私に、ここでできる全てを。傷ついた村を、人々を癒したいの。私は聖女。その力を精霊たちから与えられているから」

そう答えると、二頭の竜は顔を見合わせて言葉はなくとも意思を確かめあう。そして、頷きあった。

「リリアーヌ。ここは君に任せた」

「ありがとう、テオドール」

テオドールの返事に、私はほっとする。

「まずは、傷ついた人々を」

私はそう言って、目をつむって両手を広げる。

「出てきて、アクア、ルーミエ。そして、あなたの仲間たちにも手伝って欲しいの」

そう呼びかけると、アクアとルーミエの他に、私の周りに水色と白の光の球が無数に現れた。

「ありがとう。みんな、この場にいる全ての傷ついた人々を癒して。……人々を癒したまえ《エリアヒール》」

すると、私を中心にして光の円が広がっていく。その光は所属する国を問わず、傷ついた人々を癒していった。

「次に、傷ついた畑を元に戻さないと」

そうしなければ、食糧が不足して今年の冬には飢えて死ぬ者も出るかも知れない。五万の兵の行軍だ。この村だけではない。踏み荒らされた畑は多いはずだ。

「お願いよ、精霊たち。どうか私に、この大地を癒させてください」

私は憂いに涙を流しながら請う。

すると、アクアとノールが数多の水と土の精霊たちと共に現れた。

『最後の力が欲しいのね、リリアーヌ』

アクアが私に確認をする。

「ええ。大地から糧を得る民たちを救いたいの。アンベールの行軍で土地が荒らされたわ。その土地を癒したいの」

『おい、集まった精霊たち！　俺はリリアーヌの願いを聞き届けたい。みんなはどうだ？』

すると、集まった精霊たちがざわざわと相談しあう。

そして、ぽつりとひとつ声が上がる。

『叶えてあげたいな』

その言葉をきっかけにして、次々と声が上がる。

『そうだ！　僕たちのリリアーヌの願いを叶えよう！』

『飢える者がないように。リリアーヌの憂いを断《た》ってあげよう！』

『リリアーヌに豊穣の力を！』

その無数の言葉を聞いて、アクアが微笑んだ。そして、私の肩に乗り、耳元で囁く。

『豊穣の雨《ハーベストレイン》、そう唱えて』

アクアが教えてくれた言葉に、私はしっかりと頷いた。

「わかったわ、アクア。そしてノール。さらに数多の水と土の精霊たち、ありがとう。……傷ついた大地に癒しを与えたまえ。この大地に豊穣の祝福を！　……豊穣の雨《ハーベストレイン》」

私の言葉を受けて、私の願いを受けた彼らは強く発光して、その光は天に向かって伸び上

がっていく。

その光を中心に白い雨雲が立ち込めて、やがてその雲は天を全て覆う。やがて、ぽつりぽつりと銀色に輝く優しい霧雨が大地に降り下りていく。

その雨は傷ついた大地と植物たちに降り注ぎ、踏み荒らされ横倒しになった麦などが、元のとおりに頭を持ち上げる。さらに、荒れた大地は緑に覆われる。さらに、まるで終戦を祝福するかのように色とりどりの花々で大地を飾った。

「……なんて美しい。なんて慈愛に満ちた力なんだ。リリアーヌ、私は君を誇りに思うよ」

テオドールが感嘆の声を漏らす。

「リリアーヌ姉上の力は、なんて凄い。兄上はなんて凄い方と運命づけられているんだ」

アンリも聖女の最上級の力を見て、番同士という運命で結びつけられた私たちを凝視する。

眼下に広がる光景に、私は胸を撫で下ろす。そして、それに力をくれた精霊たちにねぎらいの言葉をかけた。

「ルーミエ、アクア、ノール。そしてたくさんの精霊たち。ありがとう。これで、傷ついた大地も人々も癒されたわ。……大陸に、平和が訪れたのよ」

そう告げると、精霊たちがそれぞれ嬉しそうに、ぽうっと発光する。

『リリアーヌもお疲れ様』

アクアがみんなを代表して私をねぎらってくれる。

『なんかあったら、またいつでも俺たちを頼れよな！』

そう言ってノールが自分の胸を叩く。

『じゃあ、私たちは行くわね』

ルーミエがそうお別れを私に告げると、精霊たちはぱっと姿を消した。それと同時に雲が開けて大地を照らす。大地は慈愛の雨で濡れて銀色に輝いた。

地上から、人々の喝采《かっさい》する声が聞こえてきた。

「聖女様、万歳！」

「ドラゴニアには聖女リリアーヌ様がついておられる！」

「リリアーヌ様とテオドール殿下に祝福を！　ドラゴニア帝国万歳！」

そんな歓声に混じって、異質な声がひとつ漏れ聞こえてくる。アンベールから私という聖女を奪ったエドワードだ。

「くそっ！　本当に大聖女として目覚めるなんて！」

彼は、大地を拳で殴って悪態をついている。

知らなかったとはいえ、無知という罪という言葉もある。そんな彼に、私が豊穣の力までを使いこなし、大聖女としての力を見せつけた。それを目の当たりにして、彼は自らの失態を悔しがっているのだろう。

自分で撒いた種だ。彼は自分がしでかしたことに後悔すればいい。

いくら甘い私だとしても、自国へ戻れば廃嫡されるであろう彼に、同情する気は起こらなかった。廃嫡されるかも知れない彼。けれど、なにも命まで奪われることはないのだ。ならば甘んじて自分の犯した過ちを償えばいい。

「テオドール、アンリ。ありがとう、もう大丈夫だと思うわ」

そう言って、私はテオドールの肌を撫でた。

「じゃあ、城に帰ろうか」

テオドールが優しい声で答える。

「ああ、帰ろう」

アンリが答える。

そうして私たちは自分たちの城へと帰ったのだった。

その後伝え聞いた話だけれど、やはりエドワードは廃嫡されたそうだ。そして、彼の弟が王太子の地位についたのだという。

けれどその後、驚いたことに婚前にもかかわらずエドワードとイザベルの間に男子が誕生する。

その結果、アンベール王国の貴族たちは、まだ幼い王太子派と、嫡男を既に持つ廃嫡されたエドワードとその嫡男派に分かれた。

その結果、アンベールは水面下で内乱状態に陥っているのだそうだ。

国の不安定に不遇を強いられたアンベールの民が、ドラゴニア帝国にも難民として流入してきている。ドラゴニア王家は、民に罪はないと、彼らを精力的に受け入れている。

しかし、アンベール王家の内乱はしばらく明けそうにない。

エピローグ

一方、アンベール王国の侵攻をはねのけたドラゴニア帝国は、平和な日々が続いていた。

そんな中、私とテオドールは結婚式の日を迎える。

結婚式はテオドールの希望により、戦後処理が終え、準備に必要な期間を費やした一年後に早々に執り行われることに決まった。

全てがオーダーメイドなのを考えると、とても早いと言えるだろう。その早さには、さすがの私でも驚かされた。

そうして私は今、無垢《むく》な花嫁が纏うドレスに身を包んでいる。

私のピンクゴールドの髪は、アップスタイルにまとめられ、所々にパールの飾りピンが飾られる。それとお揃いで、ネックレスとイヤリングも真っ白だけれどほんのりピンクがかったパールのものをあしらった。

うっすらと載せられたフェイスパウダーの上から、頬と唇を淡いローズで彩る。ほんのりと香るパフュームはローズの香り。

私を包む、真っ白な光沢のある厚いシルクを重ねたボリュームのあるドレス。後ろの裾は、長く長く引きずるデザインだ。その裾にはたっぷりとレースがあしらわれている。

頭頂部は、細かい細工の煌めくダイアモンドがあしらわれたキラキラと輝くティアラと、繊細なレースでできた長い長いヴェールが飾る。

手には、薄いレースでできたロング丈の手袋を嵌めた。その手で、ローズピンクのバラのブーケを持っている。

これらは、全部テオドール自身が私のことを思って見繕ってくれたものだ。

「なんて素敵なの！」

教会の待合室で、私はマリアに着付けてもらって花嫁衣装を纏った。ミシェルがその私を見て、瞳を輝かせながら感嘆の声を上げる。私の周りを回って、あらゆる角度からチェックして、ため息をついた。

「本当によくお似合いです」

マリアも、着付けと化粧や髪のセットアップのでき上がりに満足そうにしている。

そう。今日、私とテオドールの、待望の結婚式が執り行われるのだ。

「こんな花嫁をもらえるテオドール殿下は果報者よね！　世界一美しい花嫁だわ！」

私の周りを一周し終わったミシェルが満足そうに頷いた。

「ありがとう、ミシェル、マリア」

私は、手伝ってくれたふたりに感謝を伝えた。

そして私たち三人は、待合室で女同士華やいだ会話を弾ませる。

「こんな綺麗な花嫁姿じゃ、殿下、『他の誰にも見せたくない』なんて言いだしたりして！

しかも、きっと今もきっと待ちきれないでいるわよ！」

ミシェルがまるで見てきたかのように、想像だけでクスクスと笑っていた。

そんなとき、コンコン、とドアがノックされた。

「テオドールだが。準備はできたかい？」

愛おしい人の声がドアの向こう側から聞こえてくる。

「ほら、来たわ！」

ミシェルがはしゃぐ。

「では、ミシェル様。私たちは、殿下と入れ替わってお暇しましょう？」

マリアがミシェルを促すと、ミシェルが頷いた。

「じゃあ、リリアーヌ姉様。お幸せにね！」

マリアがドアを開けて、ミシェル、マリアの順で部屋を出ていった。テオドールとすれ違いざまに、「テオドール兄様は幸せ者ね！」と言ったのはミシェルだ。

そして、彼女たちと入れ違いにテオドールが部屋に入ってきて、ドアを閉めた。

私はテオドールの方に向き直る。

「……綺麗だ」

彼が私を見て、ただひと言呟いて、彼が立ち尽くした。表情は不意を突かれたように呆《ほう》けた顔だ。それから、ゆっくりと幸せそうに目が細められ、唇が弧を描いてゆく。

そうしてしばらく距離を開けて私の姿を眺めてから、ゆっくりと彼が私の側に歩み寄ってきた。

「俺はなんて幸せな花婿なんだろう……。綺麗だよ、リリアーヌ。きっと俺は世界で一番美しい花嫁をもらおうとしているんだね」

ゆっくりと歩いてきたテオドールは、私の真正面で足を止める。そして、そっと腕を回して私の腰に両手を添えた。

「……このまま閉じ込めて、誰にも見せたくない」

「テオドール……」

じっと見つめあうだけで、ふたりの時間が過ぎていく。

このときを迎えられたことが、ただただ幸せだった。

テオドールが腰に添えた片手を離して、私のレースで覆われた片手をすくいとる。そして、片膝を突いてしゃがむと、私の指先に温かな唇で触れた。

「世界でただ唯一の番。愛しい俺のリリアーヌ。……これから俺と連れだって、結婚の誓約をしに行ってくれるかい？」

そのままの姿勢で顔を上げて、まっすぐに見つめてくる。その青い瞳は、まるでどこまでも深い湖水のようで、吸い込まれそうになる。

蕩けそうなほどの甘い笑みは、私の身体の熱を呼び起こさせる。

私は、人生で一番の幸福のひとときを迎えていた。

「勿論よ、テオドール」

私は多幸感で満たされながら答えた。

「ああ。果報者だな、俺は」

そう言いながら、テオドールが立ち上がった。そして、再び腰に手を添えて私を緩く抱きしめる。

「もう誰にも渡さない。俺の番。俺の唯一。……一生かけて、幸せにするよ」

テオドールが、ヴェールの向こう側で誓う。

「幸せにしてもらうのもいいけれど……。ふたりでお互いに幸せにしあいたいわ。私も、あなたを幸せにしたいの」

「ありがとう、リリアーヌ」

私の言葉に笑みを深めると、テオドールがおでことおでこを触れあわせる。

「一緒に幸せになろう、リリアーヌ。俺たちは一生一緒だ」

「そうね、テオドール」

そうして、互いの熱を感じながら、ひとときを過ごす。

「ああ、今の君の姿を他の者に見せるのが惜しい……。だけど、みんなが俺たちを祝おうと待っていてくれている」

「そうね、行かないと」

ふたりで微笑んで頷きあう。

そして私は、テオドールにエスコートされ、みんなの待つ教会の礼拝堂に移動するのだった。


そしてふたりで礼拝堂の入り口の扉の前に立った。

ふたりのシスターが、両開きの扉を開けてくれる。

私たちが歩いていく先には、赤い絨毯が先まで続いていた。

「行くよ、いいかい？」

「ええ、行きましょう」

互いに確認しあって、正面を向く。

私はテオドールの腕に改めて腕を絡めて、エスコートされながら、一歩一歩進んでいった。

一歩一歩歩くごとに、私のドレスがふわりふわりと揺れる。

私たちが歩いていく度に、居並ぶ祝福に来てくれた来賓たちが、バラの花びらを投げてくれた。彼らは、私の花嫁姿を見て感嘆のため息をつく。

この一歩一歩歩む時間が愛おしい。

ようやく長い時間をかけて、祭壇で待つ教皇猊下の元へたどりつく。彼が私たちを祝福してくれるのだ。

コホン、とひとつ咳払いをしてから、教皇猊下が私たちを確認して頷いた。

礼拝堂がシンとなった。

「新郎、テオドール・ドラゴニア。汝《なんじ》は、この女性を永遠の伴侶とし、夫として彼女を護り、共に生きることを誓うか」

「はい、誓います」

「リリアーヌ・バランド。汝はこの男性を永遠の伴侶とし、妻として夫を支え、共に生きることを誓うか」

「はい、誓います」

そうして、用意された結婚指輪がひと揃い、差しだされる。

私の手袋を、テオドールが外した。

私たちは指輪を互いに嵌めあい、次に、テオドールの手によって顔にかかったヴェールがそっと払いのけられる。

「リリアーヌ。永遠に俺は君だけのものだ」

「テオドール。私も永遠にあなただけのものだと誓うわ」

そうして私たち自身の誓いの言葉を口にしてから、そっと触れるだけの誓いのキスをしたのだった。

それをきっかけにして、来賓たちは喝采に沸いたのだった。

私たちは番。

そして、永遠の伴侶。

どんな憂慮がこの先待ち受けようとも、これからも互いに手を取りあって乗り越えていくだろう。


こうして、私の長い長い旅は終わった。

初めは、婚約者の浮気からは始まり、婚約破棄を私から言いだして。

生まれた国を追放されたけれど……。

その結果、私の運命の人と出会うことができた。

彼は文字どおり私の運命づけられた番で。

祖国からの、私を返せなどという謂れのない要求を、共に手を取って払いのけ。

そしてこれからも、互いに手を取りあって生きていく。

初めこそ理不尽な要求を蹴り、不遇を強いられたけれど、私は幸福だ。

私を護り、愛してくれる人が、一生私の隣にいるのだから。

後日談

「とうさま！　かあさま！」

幼い少年が私とテオドールを呼ぶ。

その子は私とテオドールの間にできた第一子の男の子。名前はこの子の祖父にあたる皇帝陛下直々にジュリアンと名付けていただいた。彼は父親にそっくりの銀の髪と、私譲りの赤い瞳を持っている。

この子は竜人族の血を強く継ぎ、五歳にして、既に父であるテオドールと同じく、氷や水魔法を操ることができる。その能力は年の頃にしては高い。だから、嫡流の英才の王子として、皇帝陛下からも、そして国民からの期待も高かった。

テオドールのお父様である皇帝陛下はまだまだご健在だから、後継順位第一位のテオドールに次いで第二位とされている。そして私はその母親。そして私のお腹の中には、すでに第二子が宿っている。私たち親子はドラゴニア帝国で安定した立場を享受していた。

そんなジュリアンが、私の元に走り寄ってきて、体当たりしてくる。私はお腹の子に差し障りのないようふんわりと彼を受けとめた。

「どうしたの？　ジュリアン」

そんなジュリアンを抱きかかえて、私は彼に尋ねた。

「僕ね、さっき、とうさまみたいに竜の姿になれたんだ！」

目を輝かせて報告するジュリアン。彼は、抱きついた私と、父であるテオドールの顔を交互に見比べる。その顔は誇らしげな笑顔でいっぱいで愛らしい。

そんなジュリアンの身体を片手で支えながら、反対の手で頭を撫でてやる。すると、微笑ましいものを見るように、彼の乳母が目を細めた。

「まあ凄いわ。お父様やお母様にも是非見せて欲しいわ。ねえ、あなた？」

私はそう言いかけてから、ふと思いついて逡巡する。

「……ああでも、素晴らしいご報告事だもの。それともお祝い事にあたるのかしら？　だったら、皇帝陛下や皇后陛下に先に一緒に見ていただいた方がいいのかしら……」

こういうときの作法がわからず、私は思いを巡らす。それに、テオドールが竜化した姿を考え、その大きさを思いだすと、室内はダメなのかも知れないと思い至る。

「こういうとき、どうしたらいいのかしら……」

困ったわ、と思いながら自然と視線は一緒にいたテオドールに向かう。すると、クスリと笑って彼がフォローしてくれる。

「そんな堅苦しい作法はないよ。勿論、父上や母上にもあとで披露したら喜んでくださるだろうけれどね？」

その言葉を聞いて、ジュリアンの顔がぱっとほころぶ。

「じゃあ、今とうさまとかあさまに見せてもいい⁉」

ジュリアンの瞳はキラキラと輝いて、ぐっと身を乗りだしてくる。もう、今更ダメだと言っても聞かないだろうといった勢いだ。

「ああ、見せておくれ」

私に抱きついているジュリアンの頭をテオドールが優しく撫でる。それを聞いて、ジュリアンがぱっと大きく目を見開く。そして、私から離れると、大きく両手を広げた。

「見ててね！　とうさま、かあさま！」

私は、どんな大きな竜が現れるのだろうと一瞬身構える。

ところが。

ぽふん。

ジュリアンの背に小さな銀色の翼が生えたかと思うと、ぽんっと人の頭くらいの大きさの銀竜に姿を変えた。大きさ以外で父親と違うのは、瞳の色が私譲りの赤である点だ。そして、小さな翼でパタパタと私とテオドールの元に飛んでくる。

「とうさま、かあさま！　見て見て！」

小さな子竜の小さな口が、パクパクと開いては閉じては人語を発する。その姿は、まるでぬいぐるみかのように愛らしい。その姿に、思わず私も愛おしさに顔がほころぶ。

「上手にできたわね。お父様そっくりよ」

「ああ、そうだね。ジュリアン。これでお前も立派な竜人族の一員だな」

そう父親から言われて頭を撫でられると、ジュリアンがこそばゆそうに照れ笑いをした。

「僕きっと、とうさまみたいな、おっきな竜になるんだからね！」

ふんっと鼻息荒く宣言する。

「そうね」

そう言って私は子竜の姿のジュリアンに向かって両腕を伸ばして、彼を捕まえる。そして、大事な私の宝物を抱きしめる。

「ジュリアン。立派な竜人になってちょうだい。そして、あなたの弟か妹を守れるように、お父様のように強くなってちょうだいね」

私はジュリアン、テオドールの順に視線を移して微笑みかける。……と、そのとき、お腹に衝撃を感じた。

「蹴った……わ」

私はテオドールにそのことを告げる。

「蹴ったって、お腹の子かい？」

「ええ……そう！」

胎内の子に、元気に育っていることを教えてもらえたようで嬉しくて、私は破顔する。

「ねえ、かあさま。お腹の子って、僕のおとうとかいもうとのこと？」

ジュリアンも興味津々といった様子で尋ねてくる。私がしゃがんで、抱いているジュリアンの位置をお腹近くに移動させてやると、自分から私のお腹に耳を寄せてくる。

「そうよ。お兄様のあなたにご挨拶したかったのかもね？」

するとジュリアンは私のお腹に口を寄せて話しかけた。

「おーい、僕がお兄ちゃんだぞ。早く出ておいで！」

そう言って語りかける。

その様子に、思わず私はテオドールに視線を向けて笑いあってしまった。子供らしく、とても微笑ましかったからだ。

「今に会えるよ、ジュリアン。それまでゆっくり待っていてやろうな」

テオドールがジュリアンに声をかける。すると、ぱぁっと花が咲いたようにジュリアンが笑う。

「うん、僕待ってる！」

それを聞いて、テオドールがしゃがんでいる私たちと同じ高さにしゃがみ込んで、そして、母子共々大きな腕で抱きかかえる。

「ああ、俺は幸せだ。大切にするよ、リリアーヌ、ジュリアン。そしてこれから生まれてくる君」

テオドールはそう言うと、私、ジュリアンの順に額にキスを降らす。
なんて幸せなんだろう。
家族を失った私にも、こんな幸福な家族ができて。
こんな幸せが永遠に続きますように。
そう私は願うのだった。

了

あとがき

このたびは、この本を手に取っていただいて、ありがとうございます。著者のyoccoと申します。ベリーズファンタジーでは三冊目の刊行であり、また皆様にお会いできたことをとても嬉しく思います。

今回のお話を作る中で決めたのは、前回の主人公が錬金術師であったので、前回と同じ職業ではなく、けれど、ベリーズファンタジーのみなさまに身近な聖女をヒロインにするということでした。そうして主人公として決まったのはリリアーヌです。

そして、いわゆる婚約破棄を突きつけられるという展開が定番だなあと思い、だったら自分から破棄しちゃえば？と思ったのが、ストーリー冒頭の、「自分からの婚約破棄」でした。

嫌ですよね？　婚約をキープしつつ、立場は妃から妾なんて。こっちからごめんです（笑）

そんなだらしない男なんてこっちからポイしちゃいましょう！とお話をスタートしてみました。

まあ、着の身着のまま放りだされるところは定番っぽく不遇なのですが……。

そして、ベリーズファンタジーといえば、恋愛！

素敵なヒーローは必須ですよね！

ヒロインの活躍は当たり前なのですが、今回は、そのヒロインを支えるヒーローにもしっかり活躍して、ヒロインを護らせることを意識して書いてみました。

本作のテオドールは、剣を持って戦うもよし、いざとなれば竜に変化し、そしてヒロインの後ろ盾を作るために、政治的に貴族も利用します。みなさまの目から見て、テオドールはしっかりリリアーヌを護れていたでしょうか？

そして、いつも欲しいなと思うキャラが、ヒロインを支える女性キャラです。やはり、ヒロインは男性に愛されつつも、同性にも好かれて欲しいです。そうして生まれたのがミシェルです。彼女が猫獣人なのは、著者の趣味（猫好き）です。

ミシェルには、リリアーヌを支え、愛嬌を振りまき、愛らしいキャラに見えていたらいいなあと思っています。

そして、最後にみなさまに謝辞を。

まず、担当のＩ様。そして、ライターのＨ様。校正様。私を支えてくださりありがとうございました！

次に、登場人物たちに、美麗な姿や表情を与えてくださった、祀花《まつりか》先生。本当にありがとうございます。

そして最後に。書ききれないほどのたくさんの方々のご尽力でこの本があるのだと思います。そんな、この本に関わるすべての方に感謝しています。本当にありがとうございました。

yocco

妾になるくらいなら私から婚約破棄させていただきます
～冷遇された大聖女ですが、精霊と竜国の王太子は私をご所望のようですのでどうぞご心配なく～

2023年9月5日　初版第1刷発行

著　者　yocco

発行人　菊地修一

発行所　スターツ出版株式会社

〒104-0031　東京都中央区京橋1-3-1　八重洲口大栄ビル7F
☎出版マーケティンググループ　03-6202-0386
（ご注文等に関するお問い合わせ）
https://starts-pub.jp/

印刷所　大日本印刷株式会社

ISBN　978-4-8137-9263-5　C0093　Printed in Japan

［yocco先生へのファンレター宛先］
〒104-0031　東京都中央区京橋1-3-1　八重洲口大栄ビル7F
スターツ出版（株）　書籍編集部気付　yocco先生

恋愛ファンタジーレーベル

好評発売中!!

毎月5日発売

婚約破棄された公爵令嬢は
冷徹国王の溺愛を信じない
著・もり
イラスト・紫真依
形だけの夫婦のはずが、
なぜか溺愛されていて…

定価:1430円(本体1300円+税10%)　ISBN 978-4-8137-9226-0

BF Sweet
ベリーズファンタジー
スイート

ワクキュン！　心ときめく
ベリーズファンタジースイート

定価：1430円（本体1300円＋税10%）　ISBN 978-4-8137-9225-3

ISBN：978-4-8137-0528-4　※価格、ISBN は 1 巻のものです